I0612072

# DE
# LA TOLERANCE
## ·DES
# RELIGIONS,

*LETTRES DE M. DE LEIBNIZ,*

*ET*

*REPONSES DE M. PELLISSON.*

A PARIS

Chez JEAN ANISSON, Directeur de l'Imprimerie
Royale, ruë Saint Jacques, à la Fleur de Lis
de Florence.

M. DC. XCII.

AVEC PRIVILEGE DU ROY.

CEs Ecrits que l'on don-
ne au Public n'ont pas
esté faits pour estre impri-
mez. Le style mesme le fera
assez connoistre ; mais on a
eû des raisons essentielles de
n'y rien changer, & de les
laisser en leur état naturel.
Des personnes d'un rang &
d'une pieté fort au dessus
du commun ont crû qu'ils
pourroient avoir leur effet,
sur tout en des lieux où par
le malheur du siecle l'indif-
ference des Religions semble devenir insensiblement
la Religion dominante. On
leur obéit, & on prie ceux

qui feront cette lecture, de demander à Dieu qu'icy & par tout il y mette sa sainte & toute - puissante benediction.

# APPROBATION.

LE nombre des Proteſtans qui ſe
ſont appliquez à chercher quelque ſecret pour éluder les Reflexions
de M. Pelliſſon ſur les differends de
la Religion, eſt une marque qu'elles
les incommodent. On a déja vû des
Objections qui luy ont eſté faites
d'Angleterre & de Hollande, en voicy d'Allemagne ; mais elles ne ſervent
toutes qu'à donner lieu à l'illuſtre Auteur qu'elles attaquent, d'approfondir plus les matieres, de mettre ſes
maximes dans un plus beau jour, &
d'expliquer ſes raiſons avec plus de
force. Plus ces nouvelles difficultez
que luy fait M. de Leibniz, d'un merite ſi diſtingué, ſont ſpecieuſes, &
plus on verra de ſolidité dans les Ré-
ponſes qu'il y donne. Il eſt toûjours
luy-meſme en tous ſes Ouvrages, dans
les plus familiers comme dans les plus
étudiez ; accommodant les raiſonnemens les plus abſtraits à la naïveté du
ſtyle épiſtolaire, & diſant ſur le champ
ce qui paroiſtroit couſter une longue
meditation. Mais ſi en liſant ce Pa-

pier qui ne respire que douceur, on
se remet en memoire l'idée d'un autre si vivement écrit qui l'a précédé,
on pourra aisément dans la comparaison qui s'en fera, reconnoistre quel
est l'art de défendre diversement, mais
toûjours avec un succés égal, la bonne cause selon les differens caracteres
de ceux qui la combattent. On a vû
il y a quelque temps M. Pellisson re-
pousser justement avec vehemence un
homme emporté, lever les nuages
dont ce Ministre avoit affecté de cou-
vrir la question pour l'embarasser, &
dissiper toutes les visions qu'il avoit
imaginées pour gagner les foibles :
on le voit icy résoudre des doutes
avec autant d'honnesteté, de bien-
seance, & de politesse qu'ils luy a-
voient esté proposez par une personne qui a tout ce qu'on peut souhaiter pour le monde, de finesse d'esprit, de discernement, de délicatesse
& de sçavoir, & en qui il n'y a rien
à desirer que la profession de la vraye
Religion. C'est ainsi que M. Pellisson
sçait faire triompher la verité partout,
sans jamais ni l'affoiblir par trop de
complaisance, ni l'outrer par un dis-

cours trop animé ; mais se tenant dans les bornes d'une défense convenable qu'il proportionne aux sujets qu'il traite , & qu'il mesure avec les personnes à qui il parle. C'est ce qui m'a semblé dans la lecture que j'ay faite de ce dernier Ecrit avec attention. En Sorbonne le treiziéme Septembre 1691.

PIROT.

## Extrait du Privilege du Roy.

PAR grace & Privilege du Roy, donné à Versailles le    jour de Decembre 1685. signé, par le Roy, PIROT, il est permis au Sieur****
de faire imprimer, vendre & distribuer par tout le Royaume un Livre intitulé, *Reflexions sur les differends de la Religion avec les preuves de la tradition des Saints Peres sur chaque point contesté*, en un ou plusieurs volumes, & autant de fois que bon luy semblera, pendant le temps & espace de douze années consecutives, à compter du jour que ledit Livre sera achevé d'imprimer pour la premiere fois. Avec défenses, &c.

*Registré sur le Livre de la Communauté des Imprimeurs & Libraires de Paris le 7. Janvier 1686.* Signé, ANGOT, Sindic.

Et ledit Sieur**** a cedé & transporté son Privilege au sieur Anisson, pour ce qui regarde la quatriéme Partie desdites Reflexions ou Traité de la Tolerance des Religions.

DE

# DE LA TOLERANCE DES RELIGIONS.

## LETTRES
## DE M. DE LEIBNIZ,
## ET
## REPONSES
## DE M. PELLISSON.

## OBJECTIONS.

JE vous fuis bien obli-
gé, MONSIEUR, de la
communication des Ré-
flexions de Monfieur Pelliſſon
fur les differends de la Religion.
Ce Livre eſt nouveau pour moy :

*Ces obje-*
*ctions ſont*
*de M. de*
*Leibniz,*
*aſſez connu*
*par ſon mé-*
*rite. Elles*
*furent en-*

A

*voyées en France par Madame la Duchesse d'Hanover à Madame l'Abbesse de Maubuisson sa sœur. On n'en sçavoit point l'Auteur en ce temps-là.*

a en Italie.

car là où j'ay esté ᵃ dernierement
pendant deux ans & davantage,
on n'en voit gueres de cette forte. Je le trouve excellent & tout
d'une autre force que beaucoup
de Livres qui nous viennent de
France depuis quelque temps,
dont je compare les Auteurs avec
les diseurs de rien des ruelles.
Il y a icy de l'érudition & de la
méditation tout ensemble; & de
plus, ce beau tour qui rend les
pensées sensibles & touchantes.
J'ay tant lû autrefois en matiere
de Controverse, & j'ay tant parlé avec quelques - uns des plus
illustres Controversistes du siecle, que la pluspart des Livres
qu'on fait sur ces matieres, me
paroissent superflus. Cependant
la réputation de M. Pellisson m'a
engagé dans cette lecture, & je
ne m'en suis point repenti. Mais
je remarque qu'il laisse quelque-

fois ſes raiſonnemens imparfaits, & qu'il ne nous mene qu'à un certain endroit où il nous abandonne tout d'un coup, comme ſi nous eſtions déja arrivéz là où il faut. Plus un Livre eſt bon, & plus le Lecteur eſt ſenſible à ce manquement : car lors qu'on eſt charmé de la bonne compagnie de ſon guide, il y a du déplaiſir à le voir diſparoiſtre au beau milieu du chemin. Et ce déplaiſir me fait prendre la plume pour marquer ce qui me paroiſt reſter à faire.

Il me ſemble qu'on doit demeurer d'accord avec l'Auteur, que pour eſtre d'une Religon, & ſur tout pour la changer, il faut croire d'en avoir des raiſons conſiderables : car comme la Religion conſiſte en deux choſes, dans la croyance & dans le culte, il eſt viſible qu'on ne ſçau-

A ij

roit rien croire, fi on ne penfe
d'en avoir quelque preuve ou
fondement. Il faut avoüer donc
que nous avons tous befoin de
quelque examen, autrement la
Religion feroit arbitraire, & nous
n'aurions point d'avantage fur les
Infidelles & fur les Sectes.

Mais les raifons de noftre perfuafion font de deux fortes : les
unes font explicables, les autres
inexplicables. Celles que j'appelle explicables peuvent eftre pro-
pofées aux autres par un raifonnement diftinct ; mais les raifons
inexplicables confiftent unique-
ment dans noftre confcience ou
perception , & dans une experience de fentiment interieur
dans lequel on ne fçauroit faire
entrer les autres, fi on ne trouve moyen de leur faire fentir les
mefmes chofes de la mefme façon. Par exemple, on ne fçau-

roit toûjours dire aux autres ce qu'on trouve d'agreable ou de dégoûtant dans une perſonne, dans un tableau, dans un Sonnet, dans un ragouſt : c'eſt pour cela qu'on dit qu'il ne faut-pas diſpu-ter des gouſts ; c'eſt par la meſ-me raiſon qu'on ne ſçauroit fai-re comprendre à un aveugle né, ce que c'eſt que la couleur. Or ceux qui diſent trouver en eux une lumiere divine interieure, ou bien un rayon qui leur fait ſentir quelque verité , ſe fon-dent en raiſons inexplicables. Et je voy que non-ſeulement les Proteſtans, mais encore des Ca-tholiques Romains employent ce rayon : car outre les motifs de croyance ou de credibilité (comme ils les appellent, ) c'eſt-à-dire, outre les raiſons explica-bles de noſtre Foy, qui ne ſont qu'un amas d'argumens de dif-

ferens degrez de force , & qui
ne peuvent fonder tous enfemble qu'une foy humaine, ils demandent une lumiere de la grace du ciel qui faſſe une entiere
conviction , & forme ce qu'on
appelle la Foy divine : de forte
que ceux qui ſe fondent ſur cette lumiere, ne peuvent deman-
det d'autre examen à ceux qui
ſe fondent ſur une lumiere contraire, que celuy de la propre
conſcience d'un chacun ; ſçavoir
s'il dit vray & s'il ſent effectivement la lumiere dont il ſe vante.
Mais comme cette lumiere interieure prétenduë eſt ſujette à
caution, & que l'examen de conſcience ſur ce ſujet eſt aſſez difficile, je voudrois que M. Pelliſſon euſt traité exactement ce
point important, en nous expli-
quant les marques interieures de
la lumiere divine qui la diſtin-

guent de l'illusion, comme l'or se reconnoist à la couleur, au poids, & à d'autres marques sensibles.

En attendant cét éclaircissement, venons aux raisons explicables : aussi n'est-ce que par elles qu'on peut persuader les autres. Ces raisons sont generales ou particulieres. Les raisons generales peuvent estre appellées des préjugez que Tertullien, parlant en Jurisconsulte, appelloit des prescriptions. Les raisons particulieres se peuvent comprendre sous le nom de discussion : car tant que ces préjugez ne donnent que ce qui fait présumer, ou que les Jurisconsultes appellent une présomption, ils peuvent estre effacez par une preuve contraire ; & tant qu'ils ne donnent qu'une grande apparence, il se peut que la discussion particuliere

A iiij

fourniſſe des raiſons ou appa-
rences contraires plus fortes: c'eſt
pourquoy M. Pelliſſon prétend
qu'il y doit avoir une infaillibilité. Je crois que ſon deſſein a
eſté de former un tel argument:
Il faut qu'il y ait un préjugé infaillible : or s'il y en a , il ne ſe
ſçauroit trouver que dans cette
Egliſe viſible qui s'appelle la Romaine. Donc l'Egliſe Romaine
eſt infaillible.

Conſiderons maintenant la premiere des deux premiſſes de cét
argument, & voyons comment
l'Auteur établit l'exiſtence d'u-
ne infaillibilité dont on ſe puiſſe ſervir aiſément pour décider
les Controverſes. Il ſemble qu'il
raiſonne ainſi : S'il n'y avoit point
d'infaillibilité chacun ſeroit obligé à une diſcuſſion parfaite ; or
cette parfaite diſcuſſion eſt im-
praticable à l'égard de bien des

gens : donc il faut qu'il y ait un préjugé infaillible. Comme j'aime la sincerité, je n'accorderay pas seulement qu'on ne sçauroit charger toutes les personnes sans distinction, du soin d'examiner exactement les Controverses ; mais je diray de plus que parmi les Sçavans mesme, il y en a bien peu qui s'y puissent prendre comme il faut pour s'assurer de la verité sur des matieres épineuses. Il paroist mesme que nous n'avons pas le moyen de découvrir la verité à l'égard de certaines questions relevées. Quelqu'un dira qu'il n'est pas necessaire de décider toutes les Controverses ; mais M. Pellisson peut repliquer qu'il y en a au moins quelques-unes dont la décision est necessaire, & il sera toûjours tres-difficile au peuple de les examiner à fonds : donc le peu-

ple a befoin d'une marque claire
& infaillible qui foit à la portée
de tout le monde.

Il y a deux réponfes qu'on peut
oppofer à la force de cét argument. La premiere eft qu'il fuffit
que les hommes croyent la verité fur quelques points neceffaires, quoy que ces hommes peut-
eftre ne foient pas arrivez à la
connoiffance de la verité par des
raifons explicables affez fortes,
& qu'ils ne fe foient pas fervis
d'un préjugé infaillible, ni d'u-
ne difcuffion exacte. Effectivement il y a peu de Chrétiens qui
entrent bien avant dans les preuves de la verité du Chriftianif-
me, & il femble que c'eft affez
que les Sçavans voyent bien les
avantages de noftre Foy fur les
autres Religions, il y aura toûjours bien des gens qui feront
obligez de croire leur Pafteur fur

ſa parole. Heureux ſont ceux à qui Dieu a donné des Maiſtres éclairez, ou qu'il a voulu toucher au moins interieurement au deſaut du miniſtere d'un bon Maiſtre exterieur.

Il y a encore une autre Réponſe que les Theologiens Proteſtans n'approvent point ; mais comme elle a cours parmi quelques perſonnes dont on loûë la pieté, & dont pluſieurs font bande à part, ſur tout en Hollande, qui s'imaginent que la juſtice divine ſeroit bleſſée ſi le ſalut eſtoit ſuſpendu des Controverſes & du hazard de quelque bonne inſtruction qui peut manquer meſme aux bien intentionnez, il ſemble qu'elle merite d'eſtre examinée, d'autant qu'elle paroiſt conforme aux ſentimens de pluſieurs Docteurs tres-celebres de l'Egliſe Romaine. Cette réponſe eſt

A vj

qu'il n'y a aucun article révelé qui foit abfolument neceffaire, & qu'ainfi on peut eftre fauvé dans toutes les Religions, pour-vû qu'on aime Dieu veritable-ment fur toutes chofes par un amour d'amitié, fondé fur fes perfections infinies. On objecte-ra que cela fe pourroit peut-eftre foûtenir à l'égard de ceux qui font demeurez dans l'innocence, au lieu que ceux qui font fous le peché n'en peuvent obtenir l'ab-folution que dans la vraye Egli-fe. Mais on répond que ces mef-mes Theologiens demeurent en-core d'accord quand on auroit peché, que la contrition, c'eft-à-dire, la penitence qui vient de cét amour fincere, efface les pe-chez fans aucune intervention des clefs de l'Eglife ou du Sacre-ment.

Ils ajoûtent que ceux qui font

dans ces sentimens du divin a-
mour, dans lequel consiste ce
qu'il y a de plus essentiel dans la
pieté, sont éclairez par la lumiere qui est venuë dans le monde
pour illuminer tous les hommes,
qu'ils sont remplis de la grace du
Saint Esprit, & se trouvent étroi-
tement unis avec le Verbe éternel, & avec la Sagesse divine qui
est dans Jesus-Christ, quand mesme ils ne le connoistroient point
assez selon la chair, & mesme
quand ils n'auroient jamais oûï
nommer cét assemblage de lettres qui forment son nom. Qu'es-
tans portez avec ardeur à faire
ce qu'ils peuvent juger conforme à la volonté de Dieu, ils seront toûjours dans la bonne foy,
ils ne seront jamais opiniastres,
& par consequent ils ne sçau-
roient estre heretiques. Et qu'estant empressez à chercher la ve-

rité, autant que d'autres devoirs le permettent, & prefts à la croire quand elle fe prefentera à eux avec les livrées dont elle abefoin pour fe faire reconnoiftre, ils ne fçauroient paffer pour infidelles : & par confequent cette terrible fentence ( qui ne croira point, fera damné ) n'appartient pas à eux, non plus que les excommunications que les Eglifes vrayes ou fauffes peuvent fulminer. Enfin, que cette intention fincere & droite qu'ils ont de fe conformer à la volonté de Dieu qu'ils aiment, fait qu'ils font dans l'Eglife, *in voto*, ou par un defir virtuel qui les fait prendre part à la vertu du Baptefme & des Sacremens, *ad inftar Baptifmi flaminis*, ou à la maniere de ce qu'on appelle le Baptefme du Saint Efprit, où l'eau n'entre point : tout comme s'ils avoient reçû la grace par l'entre-

mife des fymboles vifibles , puis
que ce n'eft pas le defaut ou l'ab-
fence du Sacrement , mais le mépris qui condamne.

Cette doctrine eft enfeignée par
plufieurs grands Hommes de l'E-
glife Romaine , quoy que ceux
qui écrivent des Controverfes
femblent la diffimuler. Il eft vray
qu'elle eft combattuë par quelques Proteftans , mais c'eft de
quoy il ne s'agit point icy. C'eft
affez qu'on voye par-là que les
fentimens des Docteurs de l'Eglife Romaine fur le falut de ceux de
dehors , ne font pas fi rudes que
l'on s'imagine : on s'y eft fouvent
déclaré qu'il n'y a aucun article
fondamental que celuy de l'a-
mour de Dieu ou de l'obeïffance
filiale, & qu'il n'y a par confequent que l'opiniaftreré ou def-
obeïffance qui fait l'Heretique,
& que c'eft pour cela que Saint

Salvien Evefque de Marfeille a
excufé les Arriens de bonnefoy,
quoy-qu'ils niaffent la divinité
de Jefus-Chrift.

Voilà donc une partie de ce qui
refteroit à examiner pour ache-
ver la demonftration de M. Pelliffon. Je me difpenferay maintenant de parler de l'autre prémif-
fe, qui nous affure que l'infaillibilité, s'il y en a, ne fe trouve que
dans l'Eglife Romaine. Je ne tou-
cheray pas non plus aux autres
préjugez qui ne font pas infailli-
bles, fur lefquels l'Auteur dit affurément des chofes bien penfées,
comme par exemple, fur l'argument du grand nombre. Mais
comme ces préjugez, & autres
femblables ont befoin eux-mefmes de quelque difcuffion qui eft
difficile aux perfonnes ordinaires, & n'exempte pas les Sçavans
d'une difcuffion plus exacte des

matieres particulieres, je n'y
veux point entrer à present, non
plus que dans les raisons du Traité particulier de l'Eucharistie; car
toutes ces choses nous mene-
roient trop loin. Il vaut mieux
pousser à bout un point de consequence que d'en entamer plusieurs.

Je voudrois pouvoir satisfaire
aux Objections que j'ay represen-
tées; mais je vous laisse à juger,
Monsieur, s'il ne faut pas avoir
l'érudition & la force d'esprit de
M. Pellisson pour en venir à bout.
Aussi peut-on tout esperer d'un
si grand genie, pourvû que ce
dont il s'agit ne soit pas tout-à-
fait impossible.

## AUTORITEZ

*des Theologiens Catholiques Ro-
mains , favorables au salut de
ceux qui sont dans l'erreur, quelque grande qu'elle puisse estre,
pourvû qu'ils ayent le veritable
amour de Dieu.*

LEs Reverends Peres Jesuites
& autres Theologiens graves
de l'Eglise Romaine, enseignent
qu'il y a deux sortes de penitence. L'une s'appelle Contrion, lors
qu'on abhorre & déteste le peché par le motif desinteressé d'un
veritable amour de Dieu ; & cette penitence est necessaire à ceux
qui sont hors de l'Eglise. L'autre
penitence moins parfaite qui s'appelle Attrition , fondée sur l'a-
mour propre, c'est-à-dire, sur la
crainte ou sur l'esperance , suffit
aux Catholiques , lors que ce qui

luy manque est suppléé par le
Sacrement de Penitence que Jesus-Christ a institué dans l'Eglise,
& c'est en quoy consiste l'avantage des Catholiques sur les autres.

Jacques Paiva Andradius, Portugais, un des principaux Theologiens du Concile de Trente, a fait
un Livre intitulé, *Explicationes or-*
*thodoxæ de controversis Religionis*
*capitibus*, où il enseigne en ces propres termes: Que les Philosophes
qui ont employé toutes leurs forces pour connoistre un vray Dieu
& pour l'honorer religieusement,
ont eû la Foy qui fait vivre le Juste. Il ajoûte que la redemption du
genre humain par Jesus-Christ est
contenuë tacitement, *implicitè*,
dans la providence generale de
Dieu; & que les Philosophes qui
ont bien connu cette Providence,
n'ont pas tout-à-fait ignoré Jesus-
Christ crucifié, en tant qu'ils ont

sçû que Dieu n'obmettroit rien
qui seroit convenable à faire sauver les hommes , quoy - qu'ils
n'ayent point connu en détail la
maniere dont Dieu s'est servi. Que
ce seroit la plus grande cruauté du
monde ( *neque immanitas deterior
ulla esse potest* ) de condamner les
hommes aux peines éternelles,
pour avoir manqué d'une Foy à
laquelle il n'y avoit pas moyen de
parvenir

Le Reverend Pere Loüis Moli-
na Jesuite (dans son Livre *De Justi-
tia & Jure , tract. 5. disp. 59.* ) soûtient expressément que Dieu a
rendu le salut plus aisé par Jesus-
Christ, en ce qu'il a donné moyen
aux hommes de se sauver par l'entremise des Sacremens de l'Eglise,
quand mesme ils n'auroient pas la
Contrition; c'est-à-dire, la penitence fondée sur l'amour divin,
qui est necessaire hors de l'Eglise,

afin qu'on puisse estre sauvé , &
qu'on sçait estre bien plus difficile qu'une simple Attrition ou penitence ordinaire ; qui suffit avec
le Sacrement. Voicy ses expres-
sions : Avant la Loy de la Grace "
& l'institution des Sacremens ca- "
pables de justifier ceux qui ne "
font qu'attrits , on estoit obligé "
d'exercer plus souvent l'acte de "
l'Amour divin, sur tout lorsqu'on "
estoit souillé de quelque peché "
mortel , & en peril de mort ; & "
alors quand on faisoit le sien, Dieu "
ne manquoit pas de donner sa "
grace pour cette charité surnatu- "
relle ( ou amitié filiale. ) Mainte- "
nant que Dieu ayant pitié de la "
fragilité humaine a institué par "
Jesus-Christ nostre Redempteur "
les Sacremens de la nouvelle Loy, "
on n'est pas tant obligé à cét A- "
mour, parce que le Sacrement de "
Penitence suffit avec l'Attrition. "

„ Cependant encore aujourd'huy
„ ceux qui ne reçoivent point ce
„ Sacrement, lors qu'ils se trouvent
„ coupables de quelque peché mor-
„ tel & en danger de la vie, sont o-
„ bligez à l'acte de l'Amour divin
„ ou de la Contrition, tout comme
„ s'ils ne vivoient que selon la Loy
„ de la nature.

Ambroise Catharin, Maldonat, Gregoire de Valence ont dit les mesmes choses, & le Pere Pereyra dans sa dix-huitiéme Dispute sur le huitiéme Chapitre de l'Epistre de Saint Paul aux Romains, soûtient aussi que ces Payens ont eû une Foy implicite de Jesus-Christ. On en pourroit produire quantité d'autres touchant le salut des Heretiques ou Infidelles materiels.

# RÉPONSE

## AUX OBJECTIONS
### ENVOYE'ES D'ALLEMAGNE.

LEs Objections que vous m'a-
vez fait l'honneur de m'envoyer, MADAME, font de bonne main , & non-feulement d'un
homme d'efprit , & de fçavoir,
mais auffi d'un honnefte homme;
ce que j'eftime bien davantage. Il
donne par tout beaucoup de marques de fincerité. Je luy dois en
mon particulier tenir compte du
bien qu'il dit de moy. Je voudrois
en meriter quelque petite partie.
Plût à Dieu qu'il me donnaft un
jour la meilleure de toutes les
loüanges, qui feroit de fe laiffer
perfuader.

*Madame l'Abbeffe de Mau-buiffon em-ploya une Dame de grand me-rite pour communi-quer ces Objections à l'Auteur des Refle-xions , qui fit cette ré-ponfe.*

J'avois répondu au Memoire par des apoſtilles en marge, ou pour mieux dire en colonne; mais ayant repaſſé ſur mon travail, je l'ay trouvé long & ennuyeux ; & j'ay remarqué ſur tout , que pour eſtre bien entendu en rapportant l'apoſtille au texte, il avoit beſoin d'une application ſuivie & laborieuſe qu'on ne doit pas exiger des perſonnes comme vous. Je me réſous donc , MADAME, à vous en faire l'extrait un peu mieux digeré, reduiſant les Objections à certains chefs ou articles principaux.

Le premier ſera des raiſonnemens, qu'on croit que je laiſſe imparfaits.

Le ſecond, des raiſons qu'on appelle inexplicables, & des marques (s'il y en a) pour diſtinguer les bonnes d'avec les mauvaiſes.

Le

Le troifiéme, des points fondamentaux, & non fondamentaux ; & fi cette diftinction peut
faire efperer le falut à ceux qui
ne font pas dans l'Eglife, nonobftant l'excommunication de
l'Eglife.

Le quatriéme, s'il peut-eftre
foûtenu qu'il n'y ait qu'un point
fondamental, qui eft l'amour de
Dieu, & noftre union avec luy,
fans que pour eftre fauvé il fe
faille mettre en peine de toutes
ces difputes en quelque Secte
que l'on vive.

Le cinquiéme, s'il y a des Theologiens Catholiques qui foient
de cette opinion, ou qui la favo-
rifent.

## I.

Quant au premier point, il
fe peut faire facilement, que
j'aye laiffé plufieurs raifonnemens imparfaits, non-feulement

B

par l'imperfection humaine, mais
par la mienne propre. On craint
quelquefois de bleſſer un lecteur
habile, ſi on ne luy laiſſe rien à
faire. On veut abbreger, & on ſe
rend obſcur. Le ſtyle de la pluſpart des écrits du temps , où il
y a bien des paroles perduës,
m'a jetté duns l'extrémité contraire. Le Journal de France,
ſur la troiſiéme partie des Reflexions , aprés m'avoir trop loûé,
remarque comme un defaut,
que les matieres y ſont trop
preſſées, & que cela demande
quelquefois trop d'attention au
lecteur, en quoy je tiens qu'il a
dit vray : & ſi voſtre ami me
marque les endroits particuliers
de ces raiſonnemens imparfaits,
je taſcheray d'en profiter. Il doit
de ſon coſté prendre garde s'il
a eu cette attention , peut-eſtre
trop grande , que j'exigeois de

luy , & dont je viens de parler:
car il n'eft pas impoffible qu'il
ne luy foit échappé quelque chofe de ce que j'auray traité dans
ce ftyle ferré ; je vous en don-
neray un exemple un peu plus
bas.

## I I.

Pour le fecond point qui eft
des raifons inexplicables, je croy
qu'à parler bien proprement,
il n'y en a point qu'on doive nommer ainfi. Car raifon,
& raifonnement, ne font autre chofe que le progrés que l'on
fait d'une connoiffance à une
autre, par les confequences que
l'on tire de la premiere pour venir à la feconde , & cela fe peut
toûjours expliquer. Auffi voftre
ami ne dit pas precifément, *raifons*, mais *raifons de perfuafion :*
ce qui fignifie, comme je le veux
entendre, *motifs fecrets pour fe*

B ij

*confirmer dans l'opinion où la raison*
*nous a mis.* Or ces motifs secrets
& obscurs que l'on ne peut expliquer, ne sont autre chose, si je
ne me trompe, que les veritez de
sentiment dont M. Jurieu a tant
parlé, ou bien l'operation de la
grace en nos cœurs, ou l'imagination de la grace.

3. *Vol. des*
*Reflexions,*
*appellé* Chi-
meres de
M. Jurieu,
*1. Part.*
*Sect. 5.*

A l'égard des veritez de sentiment, je croy avoir prouvé avec
assez de clarté, qu'on ne doit
nommer ainsi, que ce qui se trouve dans le sentiment du grand
nombre & qui est écrit, s'il faut
ainsi dire, dans le cœur des hommes par les propres mains de
Dieu & de la nature : Que
les veritez pretenduës de sentiment particulier contre le sentiment general, ne sont pas veritez, mais illusions & imagina-
tions, où l'on croit sentir ce que
l'on ne sent pas : & j'en ay donné

des exemples. J'en marqueray
les endroits en marge; car je di-
&e cecy dans le bain qu'on m'a
ordonné pour remede. Il eſt bon
de vous le dire, MADAME,
afin que vous ne cherchiez icy
rien d'excellent ni d'élevé. En
cét état d'infirmité, il eſt défendu de faire aucun effort de l'eſprit; c'eſt-à-dire de rien faire qui
vaille.

A l'égard de la grace ou veritable ou imaginaire, ſi voſtre
ami croit que je n'ay pas marqué
les moyens de diſtinguer l'une
d'avec l'autre, je le ſupplie de
relire quelques endroits, qui ſeront auſſi citez en marge, où je
ne me ſeray peut-eſtre pas aſſez
étendu, & ſur leſquels il aura
peut-eſtre paſſé trop viſte. Mon
ſyſteme perpetuel eſt celuy-cy. *2. Vol. Sect.*
Il y a une grace & une élection *4. 6. 7. 11.*
prouvée, & une grace & une *& particu-*
*lierement*

en la 14.

Au 3. Vol.
1. Part.
Sect. 5. déja
citée.

Au mesme
3. Vol. 2.
Part. Sect.
2. & 4.

élection non prouvée, & qui ne le peut-estre. La grace ou élection prouvée est celle de l'Eglise, qui a pour elle toutes les preuves de la verité de la Religion Chrétienne. La grace ou élection non prouvée est celle du particulier, dont il ne peut jamais estre asseuré jusqu'à la mort. J'accorderay si l'on veut que le sentiment de la grace dans le particulier, puisse estre appellé un motif de persuasion inexplicable. Mais je dis que s'il n'a que ce motif tout seul, il ne s'y doit pas confier, parce que le mouvement qu'il prend pour la grace, pourroit n'estre qu'une grande prevention. J'ay marqué aussi jusqu'où l'on pouvoit déferer à ce sentiment de la grace que l'on croit avoir ; & je l'ay marqué par un seul principe, qui est que Dieu ne peut

eftre contraire à Dieu, & la grace à la grace. Or quant à la grace de Dieu fur l'Eglife , elle eft
tres-bien prouvée dans les ex-
cellens Ouvrages de l'antiquité
& de noftre temps fur la verité
de la Religion Chrétienne. Ma
grace particuliere n'eft point
prouvée; mais tant qu'elle s'ac-
cordera avec la grace de l'Eglife, & ne fera que la fuivre, je
puis déferer au fentiment que
je croy en avoir. Si au contraire ma pretenduë grace particuliere & non prouvée , s'oppofe à
la grace de l'Eglife fi bien prouvée, c'eft affurément une illu-
fion, & non pas une grace; par
la raifon que je viens de dire, qui
eft que Dieu ne peut eftre contraire à Dieu, ni la grace à la
grace.

J'entends bien , Madame,
ce que voftre ami demanderoit.

Il voudroit que je luy donnasse
quelque marque interieure, par
laquelle sans avoir recours à la
regle que je viens d'établir, chacun pust décider dans son cœur,
ce mouvement que je sens
est la grace veritable; ou ce
mouvement qui me sembloit
grace, n'est qu'une prevention
de mon esprit. Mais je n'ay garde, MADAME, de luy mar-
quer ce moyen; car ma pensée
est qu'il n'y en a aucun de sem-
blable. Et sans parler maintenant des controverses, où la prevention imite si bien la Foy, tout
ce que les Theologiens ou Catholiques ou Protestans ont dit
pour distinguer les veritables &
les fausses revelations, ne donne pas, au moins selon moy, une
entiere satisfaction à l'esprit, &
les plus habiles Directeurs se
trouvent quelquefois assez em-

peſchez là deſſus. Il n'y a rien
que le Demon ne puiſſe imiter
pour ſe déguiſer en Ange de lumiere; & par conſequent, point
de marque interieure de la grace qui ne ſoit équivoque, ou au
moins ſujette à un tres-grand
éxamen. Le ſeul évenement reï-
teré confirme la veritable Pro-
phetie: le ſeul miracle exterieur, ſur tout continué & reï-
tĕré, nous prouve noſtre grace
interieure d'une maniere indu-
bitable, la ſouveraine & infinie
bonté de Dieu ne pouvant jamais permettre une ſuite d'illu-
ſions en ſon nom, & que l'homme ſoit expoſé à une tentation
ſi grande, & pour ainſi dire, plus
qu'humaine, à laquelle il ſeroit
juſte & raiſonnable de ſuccom-
ber.

Si vous m'ordonnez toutefois,
MADAME, de faire un effort

B v

en faveur de voſtre ami, j'ajoûteray quelque choſe de nouveau
pour diſtinguer la fauſſe grace
de la veritable : mais cette nou-
veauté reviendra toûjours à ce
que je penſe en avoir déja établi. Je me ſouviens de ce qu'en-
ſeignoit à ſes diſciples, un de
ces ſaints Anachoretes, dont les
vies dans leur ſimplicité ancienne ſont ſi édifiantes. Si vous ne
prenez garde aux artifices du
Demon, leur diſoit-il, il pourra
vous tromper ; de l'eſprit & du
ſçavoir, il en a tres-aſſurément
plus que vous ; de vos auſteritez,
il s'en moque, il jeûne, il veille,
il ſe mortifie & ſe tourmente
plus que vous ne ferez jamais.
Toutes les vertus chrétiennes, il
les imite quand il luy plaiſt : il n'y
en a qu'une ſeule, qu'il ne ſçauroit contrefaire, parce qu'elle eſt
trop incompatible avec luy ; c'eſt

l'humilité & l'obéissance. Je diray à voftre ami , MADAME, fur ce mefme principe , vous cherchez une pierre de touche interieure pour éprouver la veritable grace , & la fauffe. Je vais vous la donner. La fauffe grace, non-feulement de l'Anabaptifte, du Trembleur , du Fanatique, mais auffi de celuy qui plus fenfé, ou moins hardi, ne laiffe pas de fe faire *incognito*, une Foy & une Religion à part : cette fauffe grace, dis-je, de quelque efpece qu'elle puiffe eftre , pourra avoir tous les dehors de la charité chrétienne : elle fera d'une exacte regularité dans les mœurs , fobre, chafte, jufte, affectueufe, fervente ; mais pour humble, elle ne le fera jamais. Au contraire vous la trouverez toûjours hardie, fiere, infolente, fuperbe, hautaine : car le moyen

B vj

d'eftre humble, & de fe révol-
ter contre la grace generale des
Chrétiens fur la bonne opinion
qu'on a de foy-mefme? Y a-t-il
rien de fi infolent que de dire
à toute la terre, j'ay l'efprit de
Dieu, & vous ne l'avez pas? Le
veritable Fidele croit bien avóir
l'efprit de Dieu; mais l'avoir
avec le grand corps de l'Eglife à
qui Dieu l'a promis, il ne fe flatte point d'un privilege particulier: il ne donne pas la Loy, il
la reçoit, il fuit, il obéït, il fe
foumet; il fe trouve trop heureux que fon obéïffance, & fa
foumiffion luy tiennent lieu de
merite.

## III.

La diftinction entre les points
fondamentaux & non fonda-
mentaux, qui eft noftre troifiéme article, n'eft pas nouvelle.
Elle a toûjours fervi de pretex-

te aux Proteſtans pour ſe promettre le ſalut hors de l'Egliſe,
nonobſtant ſon excommunication.

L'Egliſe croit à la verité, qu'il
y a des erreurs plus deteſtables
les unes que les autres ; mais
elle ſoutient que la moindre erreur en la foy, accompagnée de
rebellion, eſt deteſtable & peut
priver du ſalut. C'eſt un grand
crime de leze-majeſté que de
lever une armée contre ſon Roy
pour le déthrôner : mais il ne
s'enſuit pas que de déchirer le
moindre de ſes Edits, declarer
qu'on ne luy obéira point en
cela, ſe cantonner, & ſe liguer
pour s'empeſcher d'y eſtre con-
traint, ne ſoit un crime digne
de mort. Je ſuis ſouvent étonné que tant de gens de bon ſens,
puiſſent heſiter ſur une vérité ſi
claire & ſi palpable. Nulle ſo-

cieté humaine ne fubfifte que
fur ce fondement, que ceux qui
voudront la rompre feront privez de l'effet qu'elle fe propo-
foit. L'Eglife eft une focieté humaine qui a feulement l'avantage d'avoir des Loix Divines. Elle eft établie de Dieu pour nous
conduire au falut. Il eft jufte, naturel, & neceffaire, que ceux
qui veulent s'en feparer, foient
privez du falut; autrement on
pourroit dire que l'établiffement
feroit inutile, & qu'il enfer-
meroit mefme quelque forte de
contradiction. Il fembleroit que
Dieu euft dit aux hommes, au
moins aux Juifs & aux Chrétiens : je fais une alliance avec
vous, je vous choifis pour mon
peuple, je vous donne des Loix,
j'inftituë des Sacremens, j'établis un ordre & un miniftere public parmi vous, les uns feront

Pasteurs, les autres Brebis : aux uns j'ordonne la vigilance , la force, l'équité, la charité pour leur troupeau; aux autres la docilité, la douceur, la soûmission pour ceux qui les conduisent, afin que vous puissiez tous ensemble aller au salut : mais ce n'est pas à dire que chacun de vous à part n'y puisse fort bien aller sans cela.

Je n'ose, M A D A M E, faire icy une comparaison trop peu serieuse, & prise de ces lectures frivoles qui n'ont que trop amusé mon enfance , mais je ne sçaurois pourtant m'empescher d'y penser. Dans une de nos Fables Françoises ( l'ingenieux Roman de M. d'Urfé que tout le monde connoist ) l'Amant inconstant, & la Maitresse volage, font avec grand soin les loix de leur amitié; mais la derniere

de toutes, eſt qu'on n'en obſer-
vera pas une, ſi l'on ne veut. Eſt-
ce ainſi que Dieu aura contracté
avec ſon épouſe ?

Et quant à la force de l'excommunication, qui fait partie de cét article, & que j'ay extrémement relevée au premier
Volume des Reflexions, parce
qu'il me ſembloit qu'on n'y avoit
pas aſſez inſiſté juſques-icy pour
les Catholiques, je vous avoüé
encore de tres-bonne foy, M A-
D A M E, que je ne comprens pas
comment on s'en peut défendre;
& ſi voſtre ami, qui eſt une perſonne tres-éclairée en ſçait davantage, il me fera plaiſir de me
le communiquer. Car au fond,
on ne peut jamais eſtre reçû à
établir des principes, & puis les
abandonner quand on veut.
Nous convenons tous de l'Ecriture Sainte pour principe, cha-

cun de nous convient de fa confeffion de foy pour principe.
L'Ecriture Sainte marque en termes exprés que l'Eglife qui eft
en terre, lie & delie pour le ciel;
ouvre, & ferme le ciel; qui eft
ce qu'on appelle le *pouvoir des
Clefs.* Toutes les confeffions de
foy de nos Freres feparez, dont
j'ay rapporté les paffages au
long, conviennent de ce pouvoir des Clefs. Les Eglifes feparées de France ont toûjours
ufé en ces occafions des termes
d'*Anathéme, Maranatha, Male-
diction.* Il faut par neceffité ou
que la promeffe de Dieu foit
vaine, ou qu'il y ait un pouvoir
tel qu'il l'a dit, qui s'exerce par
l'excommunication. Il faut que
ce pouvoir foit dans l'Eglife vifible, car l'invifible n'excommu-
nie perfonne. Il faut par confequent que cette Eglife vifible,

*Voyez au 1.
Vol. la Sect.
5. & les
Preuves.*

en prononçant anathéme, ne se
puisse jamais tromper en la foy,
que ses Jugemens soient les jugemens de Dieu; qu'elle juge
avec Dieu, & enfin qu'elle puisse dire avec confiance : *Il a sem-*
*blé bon au Saint Esprit & à nous,*
comme disoit l'Eglise naissante
au Concile de Jerusalem, ou
comme nostre Eglise de France
en l'an 314 au Concile d'Arles
le plus ancien dont nous ayons
les Actes : *Il nous a semblé bon,*
*le Saint Esprit present, & ses*
*Anges;* en un mot, qu'elle soit
toûjours inspirée pour ce qui regarde la doctrine & le salut. M.
Jurieu, qui est aussi habile qu'un
autre à se tirer d'un mauvais pas,
a voulu essayer de nous jetter de
la poudre aux yeux dans quelque Lettre Pastorale contre moy
sur cét argument de l'excommunication; mais je croy avoir

Placuit,
præsente
Spiritu
Sancto &
Angelis
ejus.

assez fait voir qu'il ne touchoit 3. *Vol.* 1. pas à la difficulté, & combien sa *Part. Sect.* 6. réponse estoit frivole pour ne rien dire de plus.

Je sçay bien que vostre ami ajoûte en quelque endroit: Nous cherchons la verité de bonne foy, prests à la reconnoistre aussi-tost qu'on nous la fera voir. Nous ne pouvons donc pas estre traitez d'heretiques; mais si cette défense est reçûë, il n'y eût jamais d'heretiques, n'y en ayant jamais eû qui n'ayent tenu le mesme langage.

## IV.

Je passe au quatriéme article, qui ne se contente pas de certains points non fondamentaux, mais veut presque qu'il n'y ait qu'un seul point fondamental, c'est à dire l'amour de Dieu, & nostre union avec luy, sans se mettre en peine de toutes les

autres difputes. C'eft peut-eftre
l'endroit des Objections le plus
important à éxaminer, non pas
tant par fa difficulté, que par la
difpofition où fe trouvent un affez grand nombre de gens, en apparence bien intentionnez, parmi ceux qui font feparez de l'E-
glife.

J'ay déja vû les Ecrits de M.
Poiret, de Mademoifelle Bouri-
gnon, & de quelques autres qui
ont publié de femblables penfées fur l'amour de Dieu, & l'u-
nion avec luy. Ils font loûables
en ce qu'ils voudroient fauver
tout le monde. Je le voudrois
bien auffi, & je m'en fuis expliqué; mais j'ay trouvé que je ne
le pouvois pas; & j'en ay rendu
*Au 1. Vol.* les raifons que je ne repeteray
*Sect. 5.* point icy.

Il faut feulement remarquer,
MADAME, le malheureux pro-

grés de l'efprit humain, quand il s'eft une fois écarté de l'unique regle de la foy. On a toûjours dit contre la diftinction des points fondamentaux & non fonda-mentaux, que c'eftoit rendre la Religion arbitraire, parce que chacun appelle fondamental ce qu'il luy plaift, nos Freres fepa-rez n'ayant jamais convenu de ce qu'on devoit appeller ainfi. M. Jurieu change mille fois d'avis là-deffus. J'ay rapporté un paffa- *Au 1. Vol.* ge d'un de leurs fçavans hommes *Sect. 6.* Jacques Capel, qui par cette mefme diftinction femble vou-loir fauver les Mahometans auffi bien que les Chrétiens. On s'eft accoûtumé peu à peu à ces idées, & à la fin pour avoir plû-toft fait, oftant toute diftinction on eft venu à ce principe, que l'amour de Dieu, & l'union avec luy fuffifoient pour fauver fans

aucune autre connoiſſance. Qui
ne voit en tout cela l'inquietude,
l'inconſtance , & l'incertitude
de ceux qui ayant une fois quitté le droit chemin , ne ſçavent
plus où ils en ſont?

Je croy, à vous dire la verité
MADAME, que ceux qu'on appelle Sociniens , & avec eux
ceux qu'on nomme Deiſtes &
Spinoſiſtes , ont beaucoup con-
tribué à répandre cette doctrine, qu'on peut appeller la plus
grande des erreurs, parce qu'elle
s'accorde avec toutes. Car crai-
gnant de n'eſtre pas ſoufferts, &
que les Loix civiles ne s'en mé-
laſſent, ils ont eſté bien aiſes d'é-
tablir qu'il falloit tout ſouffrir.
De là eſt né le Dogme de la
*Tolerance*, comme on l'appelle;
& un autre mot encore plus
nouveau qui eſt *l'Intolerance*,
dont on accuſe l'Egliſe Romai-

ne comme d'un grand crime.

Or, MADAME, je ne traite point icy la queſtion, ſi le Prince doit tolerer pluſieurs Religions dans ſon Etat ; elle dépend de cent mille circonſtances. Il fait bien de tolerer la diverſité de Religions, ſi l'Etat eſt perdu ſans cela. Il fait bien de ne la pas tolerer, s'il le peut ſans perdre l'Etat, ſe ſouvenant toûjours neanmoins de la charité, de l'humanité, & que les ſupplices ſont aſſez ſouvent des remedes d'ignorant pour cette ſorte de maux, & les irritent plûtoſt qu'ils ne les gueriſſent.

Mais icy, MADAME, nous ne traittons que de la tolerance ou intolerance de l'Egliſe ; il n'eſt pas queſtion de ſçavoir s'il faut laiſſer vivre le Socinien, par éxemple ; mais s'il luy faut promettre la vie éternelle.

Voſtre ami dit que Salvien excuſe les Ariens. J'ajoûte que
Saint Gregoire de Nazianze a
excuſé l'Empereur Conſtance
protecteur de l'Arrianiſme. Mais
autre choſe eſt excuſer & plain-
dre quelqu'un , & le regarder
avec compaſſion, autre choſe luy
faire eſperer le ſalut dans ſon
erreur. Le meſme Saint Gregoire de Nazianze a ſuivi & imité
Saint Baſile ſon ami dans une
conduite dont pluſieurs mur-
muroient en ce temps-là contre
l'un & l'aure : car preſchant parmi ceux qui nioient la Divinité
du Saint Eſprit, ils s'abſtenoient
de l'appeller Dieu dans leurs
Sermons, de peur de rebuter dés
l'entrée des auditeurs infirmes
qu'ils vouloient ſauver, mais en
meſme temps ils attribuoient au
Saint Eſprit tout ce qui pouvoit faire comprendre qu'il eſtoit

toit Dieu, l'immensité la toute-
puissance, la connoissance de
toutes choses, & celle du secret
des cœurs. Ce sont des ménage-
mens, où la charité Chrétienne
peut entrer; mais toûjours sans
approuver la fausse doctrine, ni
luy promettre ce que Dieu n'a
promis qu'à la veritable.

Je me suis un peu écarté,
MADAME; je reviens à ce prétendu point fondamental unique
de l'amour de Dieu, & de l'u-
nion avec luy. Si jamais les portes d'enfer pouvoient prevaloir
contre l'Eglise; si jamais la Religion Chrétienne pouvoit perir:
je l'ose dire, ce seroit par cét endroit qu'on luy porteroit des
blessures mortelles. Car qui ne
voit que laissant à chacun la liberté de croire ce qu'il voudra
avec cette pretenduë union à
Dieu, dont chaque particulier

C

fera luy-mefme le juge & l'arbitre, il n'y a plus ni Religion, ni
Eglife; & que fi pour croire plus
ou moins, on n'en eft ni plus ni
moins fauvé; perfonne ne croira
que le moins qui luy fera poffible. Ce n'eft au bout du compte
qu'une équivoque affez vifible:
car il eft bien vray que l'amour
de Dieu & l'union avec luy, font
le dernier but de la Religion
Chrétienne; mais en le difant
ainfi, nous difons affez que cét
amour & cette union fuppofent
& enferment toute la Religion
Chrétienne, comme un fondement certain, fans lequel ni l'a-
mour ni l'union qui en eft l'effet
& la fuite, ne peuvent jamais
eftre.

Noftre Seigneur a parlé de
mefme, quand il a dit qu'il y a
deux grands Commandemens,
aimer Dieu fur toutes chofes

aimer son prochain comme soy-
mesme ; qu'en ces deux Commandemens consistoient la Loy
& les Prophetes. Il n'a pas effa-
cé par là, mais plûtost enfermé
& confirmé la Loy & les Prophetes, ni voulu nous dire, *Tuez, &*
*volez, pourvû que vous aimiez*
*Dieu & vostre prochain, vous ne*
*laisserez pas d'estre sauvez ;* mais
plûtost, *si vous aimez Dieu &*
*vostre prochain, vous ne tuërez ni*
*ne volerez, ni ne ferez rien de con-*
*traire aux Commandemens de la*
*Loy & des Prophetes.*

Vostre ami dit en propres termes, *qu'on s'est souvent declaré*
*dans l'Eglise Romaine, qu'il n'y a*
*aucun article fondamental que ce-*
*luy de l'amour de Dieu, & l'obéïs-*
*sance filiale.* Si quelque Catholique avoit jamais parlé ainsi, de
quoy il me permettra de douter
jusqu'à ce que je l'aye vû, ce ne

C ij

pourroit jamais eſtre qu'au ſens
que je viens de dire.

Aimer Dieu, & s'unir à Dieu,
ſelon nous, n'eſt pas aimer l'idole qu'on ſe fait ſoy-meſme de la
Divinité, ni s'unir à cette invention de ſon propre cœur; c'eſt aimer le Dieu veritable, tel qu'il a
voulu ſe faire connoiſtre à nous,
non-ſeulement par la nature, mais
auſſi par la revelation; c'eſt s'unir
à luy ſuivant les regles & les loix
de cette union qu'il a données à
ſon Egliſe, & dont la premiere,
s'il faut ainſi dire, eſt de ne ſe pas
deſunir d'avec l'Egliſe elle-meſme.

Si vous ſuppoſez que cette u-
nion avec Dieu, dont chacun eſt
luy-meſme le juge & l'arbitre,
ſuffiſe pour nous ſauver ; vous
ſuppoſez que toutes les Religions ſont bonnes, ſans en excepter la Payenne. Si vous ſuppo-

fez que toutes les Religions font
bonnes, vous entrez en contradiction avec vous-mesme. Il s'ensuit que la Religion Judaïque &
& la Chrétienne, qui vous sem-
bloient pourtant les meilleures,
chacune en son temps; car l'une
n'est que la perfection de l'autre,
& les deux n'en font qu'une : il
s'ensuit, dis-je, que ces deux Religions ne font pas bonnes. Le
Juif prend pour sa devise, LE
SALUT EST DES JUIFS. Le
Chrétien, HORS DE L'E-
GLISE POINT DE SALUT.
L'un borne le salut à un certain peuple choisi, & d'une seule race qui est celle d'Abraham ;
l'autre à un peuple choisi dans
toutes les races & dans toutes les
nations du monde à la verité ;
mais neanmoins choisi par grace. Ainsi le Juif & le Chrétien
selon vous se fonderont sur un

principe d'erreur, & ces deux
Religions que vous teniez pour
les meilleures, feront à vray dire, les feules mauvaifes & fauffes.

Refte le cinquiéme & dernier
article où voftre ami, MADAME,
a raffemblé quelques autoritez
des Scholaftiques qu'il croit eftre
favorables à ce dogme de l'union
avec Dieu, fans qu'il faille fe
mettre en peine de tous les autres articles de Foy.

Je fuis perfuadé que qui en-
treroit dans le détail de ces autoritez, il fe trouveroit beaucoup de mécompte à l'application qu'on en veut faire. Mais
ce feroit fe charger de preuve
fuperfluë, comme nous difons au
Palais, parce qu'en un mot,
MADAME, nul Catholique n'eft
obligé de défendre tout ce que
chaque Scholaftique particulier

aura bien ou mal avancé.

D'ailleurs, je croy qu'il n'en fera pas besoin à l'égard de vostre ami aprés ce que j'ay dit, & que je vais dire en general sur cette matiere.

Ce n'est pas, MADAME, dans ces sortes d'Ecrivains que l'on doit prendre sa foy ; il faut la prendre dans les Décisions des Conciles, dans les Confessions de Foy, dans les Catechismes que l'Eglise autorise.

Qu'on ne s'imagine pourtant pas que ce soit desapprouver & desavoüer en general la Theologie qu'on appelle Scholastique, on ne peut ni la condamner sans crime, ni la mépriser sans se rendre méprisable. Quelqu'un ignore-t-il ce que la Religion luy doit ; que ces Docteurs Scholastiques ont developpé & expliqué les points de Doctrine d'une

maniere plus nette, plus précife
& plus convaincante qu'on n'a-
voit fait auparavant, fermant
pour ainfi dire, toutes les portes
aux vains équivoques des here-
fies ou paffées, ou prefentes, ou
mefme à venir?

Mais y a-t-il Art, Science,
Difcipline, Inftitution, bien aucun au monde, qui par accident
ou par la faute des particuliers ne puiffe produire quelque
mal?

Nous ne mettons pas tous
les Scholaftiques en un mefme
rang. Il y en a qui par la grandeur
& la beauté de leur efprit, par la
fainteté de leur vie, par les fer-
vices qu'ils ont rendus à l'Eglife, font dignes d'une extrême veneration, encore qu'il n'y en ait
pas un dont le fentiment particulier nous doive fervir de loy.
Mais quant à la multitude in-

nombrable de toute Langue, de
toute Tribu, & de toute Nation
qui marchent en foule aprés ces
grands Hommes, pendant que
le petit peuple Proteſtant s'imagine que nous les écoutons tous
comme autant d'Oracles ; à peine connoiſſons-nous ni leurs é-
crits, ni leurs noms, qui vieil-
liſſent, s'obſcurciſſent & s'effa-
cent tous les jours, dans l'Ecole
meſme.

On prendra par-cy par-là quelques endroits de leurs Ouvrages, hors de leur place, & peut-
eſtre tout-à-fait contre leur penſée ; & ſi par hazard on s'imagine qu'ils ont dit trop ou trop
peu, on croira avoir confondu
la Religion Catholique, à peu
prés comme celuy qui preten-
droit avoir défait l'armée enne-
mie, parce qu'un peloton de Ca-
rabins, pour s'eſtre un peu écar-

C v

tez, auroient donné dans son em-
buscade; ou comme ce ridicule
Empereur qui pour dire à sa maniere, *Je suis venu, j'ay vû, j'ay
vaincu*, mena ses troupes avec
une extrême rapidité jusqu'à la
vûë des Costes d'Angleterre, &
les ramena de mesme sans autre
exploit que de ramasser quelques coquilles extraordinaires
au bord de la mer pour servir
d'ornement à son vain triomphe.

Trois choses, MADAME,
qu'on n'a peut-estre pas assez remarquées jusques icy, ont donné
lieu à ces vains triomphes de
quelques Auteurs Protestans sur
des passages des Scholastiques, le
plus souvent mal appliquez ou
mal entendus.

La premiere, c'est que comme la Scholastique en general
fait profession de parler plus

exactement que le commun,
pour éviter les équivoques &
les sophismes des Heretiques,
elle parle un langage qui n'est
pas commun & qu'on n'entend
pas toûjours, encore qu'on en-
tende le Latin. Les mesmes termes signifient autre chose dans
l'Ecole, autre chose dans le monde : il n'y a personne qui n'en
soit convaincu, sans qu'il soit
besoin d'en rapporter des exemples ; & dans le Traité de l'Eucharistie sur lequel je suis, j'espere de faire voir qu'une des
grandes difficultez de nos Freres sur la presence réelle, vient
de ce qu'ils prennent toûjours le
mot de *substance*, comme on le
prend dans le discours commun,
& non pas comme il se prend
au langage des Philosophes, que
l'Eglise a esté contrainte de suivre en s'opposant à l'erreur &

C vj

aux chicannes de ſes ennemis.
Pour peu que le Scholaſtique
particulier ajoûte du ſien à ce
langage general de l'Ecole, il
en fera un autre que les Sçavans,
& meſme ceux de ſa profeſſion
auront peine à bien entendre. Il
faudra pour ne s'y pas tromper
avoir ſuivi ſes Ecrits pied à pied,
eſtre inſtruit non-ſeulement des
manieres de s'exprimer qui luy
ſont propres, mais meſme de
celles de ſon pays : d'où il arrive
aſſez ſouvent que le Caſuiſte Eſpagnol eſt moins bien entendu
en France, & les François en Eſpagne, ou en Allemagne : car
on ſçait aſſez qu'il y a un Latin
François, & un Latin Eſpagnol,
& un Latin Allemand, chaque
Nation meſlant à cette Langue
commune je ne ſçay quel tour,
quel gouſt & quelle teinture de
ſa langue naturelle, dans l'ex-

preſſion, de meſme que dans la prononciation.

En ſecond lieu, l'Ecole a éta
bli une maniere tres-neceſſaire &
tres-utile en elle-meſme pour la
recherche de la verité, qui eſt de
traiter toutes les queſtions pour
& contre avec une égale force,
comme ſi elle eſtoit également
perſuadée du pour & du contre.
Faites que le particulier Scholaſtique y ajoûte du ſien un peu
moins de netteté d'eſprit & d'ex-
preſſion qu'il ne faudroit, qu'il
apporte un peu moins d'attention à ce qu'il dit, ou ſes Lecteurs
un peu moins d'attention à ce
qu'ils liſent, il ſera facile de prendre l'objection pour la réponſe,
& la raiſon de douter, pour la raiſon de décider ; ce qui eſt arrivé
mille & mille fois à ceux qui ont
allegué ces paſſages mal appliquez ou mal entendus.

Auffi peut-on dire avec verité, que tres-fouvent en approu-
vant leurs Livres, on ne les exa-
mine pas à la rigueur, non pas
qu'il ne le falluft, mais parce
qu'il eft trop difficile de bien
diftinguer ce qu'ils agitent de
ce qu'ils décident ; & que faifant profeffion de manier les
poifons comme les remedes, &
de dire tout le bien & tout le
mal qu'ils fçavent, on fe contente de voir qu'ils foumettent
toutes leurs fpeculations au jugement de l'Eglife, par où ils
finiffent toûjours, & l'on pofe
pour fondement general, qu'aux
chofes qu'elle n'aura pas déci-
dées, chacun a droit d'abonder
en fon fens, comme parle l'Apoftre.

En denier lieu, MADAME,
& cecy eft tres remarquable, l'E-
cole pour mieux diftinguer la na-

ture de chaque chofe en particulier, les regarde tres-fouvent
par abftraction, comme l'on parle, feparant celles qui ne peuvent jamais eftre feparées : d'où
il arrive qu'aprés avoir fuppofé une chofe impoffible, on tire une confequence impoffible
qui feroit vraye, fi ce qu'on avoit
fuppofé eftoit vray, mais qui eft
fauffe comme ce qu'on a fuppofé eftoit faux ; & cela ne laiffe pas d'avoir fon utilité, comme dans l'Algebre, où en po-
fant faux on trouve de certaines
veritez qu'on auroit eû peine à
découvrir par la fimple Arith-
metique.

Encore que cette maniere de
chercher ce qui eft, en fuppo-
fant ce qui n'eft pas, & qui ne
peut eftre, paroiffe d'abord extraordinaire, on peut dire que
chacun de nous la connoift & la

pratique tous les jours, sur tout dans les choses divines, comme, par exemple, lors que nous separons les Attributs de Dieu, & que nous opposons sa misericorde à sa justice, qui ne sont qu'une seule & mesme chose en luy, & ne se peuvent separer que par la pensée; mais cela ne laisse pas de nous faire concevoir en quelque sorte & selon nostre imperfection, la souveraine perfection de Dieu, qui rassemble en luy ce que nous ne sçaurions trouver que separé par tout ailleurs, c'est-à dire, une extrême justice & une extrême misericorde.

*I. Cor. 1. 25.*
Τὸ ἀσθενὲς ᷒ Θεοῦ ἰχυ-ρότερον τῆς ἀνθρώπων ἐσί. Quod stultum est Dei, sapientius est

Et que dirons-nous de Saint Paul qui semble enfermer plus d'une supposition impossible dans une seule expression de peu de paroles, *Le foible de Dieu est plus fort que les hommes?* * Voilà

non-feulement diverfité & oppofition de ce qui eft en Dieu ;
mais diverfité & oppofition accompagnée de defaut & de foibleffe. Et cependant par cette
idée extraordinaire & magnifique, SaintPaul a voulu feulement
nous remplir l'efprit de cette verité tres-importante & tres-cer-
taine, que Dieu eft toûjours égal
à luy-mefme, & n'a pas befoin de
faire effort pour furmonter tous
les efforts humains.

Mais fi les fuppofitions impof-
fibles ont leur ufage, elles peuvent auffi avoir leurs abus, & il
n'eft pas quelquefois à propos
de les pouffer trop loin.

Il fe pourra faire, par exemple,
que quelqu'un dans ce grand
nombre de Scholaftiques prefque inconnus, pour mieux exprimer comment l'amour de Dieu
& l'union avec luy renferment

*hominibus; & quod infirmum eft Dei, fortius eft hominibus.*
*Geneve. La folie de Dieu eft plus fage que les hommes, & la foibleffe de Dieu eft plus forte que les hommes.*

toute la Religion Chrétienne,
fuivant que je l'ay déja dit, fera cette fuppofition impoffible,
qu'un homme ait l'amour de
Dieu en fa perfection fans aucune connoiffance de Dieu, &
de-là il conclura une chofe impoffible, qui eft que cét amour
de Dieu le fauvera fans aucune connoiffance. Cela eft vray,
comme ce qu'il a pofé eft vray,
c'eft-à-dire, que cela eft faux,
comme ce qu'il a pofé eft faux.
J'excuferay ce Scholaftique que
je fuppofe moy-mefme, & qui
peut-eftre n'a jamais efté, parce
qu'il aura parlé & raifonné à fa
maniere; mais il trouvera bon
que ce ne foit pas la mienne,
de peur qu'il ne m'arrivaft comme à luy, de faire tomber quelqu'un en erreur qui m'enten-
droit autrement que je ne voudrois eftre entendu. Ou s'il m'ef-

toit arrivé fans y penfer de m'exprimer comme luy , j'ajoûteray
ce qu'il a peut-eftre negligé d'a-
joûter comme déja trop connu , & je diray , mais comme «
c'eft raifonner fur une fuppofi- «
tion impoffible , & qu'en effet «
l'amour de Dieu ne fe peut ja- «
mais feparer de fa connoiffance, «
il eft impoffible d'aimer verita- «
blement Dieu, fans le connoiftre «
veritablement : car ce feroit ai- «
mer une Idole & non pas Dieu «
mefme. «

Il n'eft pas poffible, MADA-
ME, qu'on ne vous ait rien écrit
de la difpute fur le Peché Philo-
fophique qui fait aujourd'huy
tant de bruit en France, & qui
n'en fera peut-eftre pas moins
dans les pays étrangers. Ce n'eft
autre chofe pourtant , au moins
dans fon origine, qu'une fuppofition impoffible dont on a ti-

ré une conſequence impoſſible. Il eſt certain que la Loy
fait le peché. Saint Paul l'a dit
en vingt endroits de l'Epiſtre
aux Romains : *Où il n'y a point*
*de Loy, il n'y a point de peché;*
*le peché n'eſt connu que par la*
*Loy ; les Gentils ſont Loy à eux-*
*meſmes, parce qu'ils condamnent*
*en autruy ce qu'ils pratiquent.*
Sur cette maxime tres-conſtan-
te, & peut-eſtre ſur quelque
petit endroit de Saint Thomas
✳ mal entendu, où en expli-
quant l'Epiſtre aux Romains, il
ſemble diſtinguer entre le peché

---

✳ *Lectione 2. in cap. 7. ad Romanos, in hæc*
*verba Pauli,* Peccatum non cognovi niſi
per legem, *&c.* Dicendum eſt ergo quod ſi-
ne lege peccatum quidem cognoſcebatur,
ſecundum quod habet rationem inhoneſti,
id eſt, contra rationem noſtram, non autem
ſecundum quod importat offenſam divinam,
quia per legem divintus datam manifeſtatur
homini, in hoc quod ea prohibet & mandat
puniri.

contre noſtre raiſon, & le peché
qui emporte l'offenſe de Dieu,
quelques Scholaſtiques ont rai-
ſonné à leur mode, & ont demandé, Que ſeroit-ce ſi un homme ſe trouvoit dans une ignorance entiere & parfaite du droit
naturel & dans une ignorance
invincible? Il s'enſuivroit, ont-
ils dit, que cét homme tuëroit
ſon pere & empoiſonneroit ſon
frere ſans nul peché. Ils diſent
vray, ſi la ſuppoſition eſt vraye;
mais ils diſent faux, parce qu'elle eſt fauſſe : car le droit naturel proprement dit, & borné
à ces premiers & plus clairs
principes qui ſont écrits dans
nos cœurs, ne peut eſtre ignoré de perſonne, moins encore
de cette ignorance qu'on appelle invincible. Que ſi quelque
impertinent particulier l'entendoit autrement, ou ſi par des

conſequences encore plus perni-
cieuſes, il paſſoit de cette ignorance ſuppoſée, & qui ne peut
eſtre, à un ſimple defaut de reflexion & d'attention dans le peché, comme prenant ce defaut
d'attention pour une maniere
d'ignorance paſſagere & de
quelques momens, du droit
naturel & éternel écrit dans nos
cœurs, toute l'Egliſe & toute
l'Ecole s'éleveroient infailible-
ment contre luy, & ne manque-
roient jamais à le condamner
d'une commne voix. Et quant
au paſſage de Saint Thomas,
qui ne voit, s'il n'a trop d'envie de diſputer, que ce grand &
ſaint Docteur n'a point entendu
qu'on puſt pecher contre la raiſon ſans pecher contre celuy
qui nous l'a donnée pour regle
& pour guide; mais que par une
maniere d'abſtraction de l'Ecole

il a opposé *Dieu Createur*, à *Dieu
Legiflateur*, fans ajoûter ce qui
eftoit trop connu, & que Saint
Paul avoit déja dit & redit
luy-mefme dans les Chapitres
precedens, c'eft qu'outre la Loy
que nous appellons Divine, il
y a une Loy naturelle écrite en
nos cœurs, par laquelle Dieu jugera fans grace, & dans la rigueur de fa Juftice, ceux qui
n'ont point connu d'autre Loy.

Il y peut avoir quelque chofe
de femblable, MADAME, dans
une des citations de voftre amy,
qui eft celle de Jacques de Payva
Andradius Portugais, fur laquelle feule je vais m'arrefter un moment pour finir auffi-toft aprés.
Je n'ay jamais vû cét Auteur.
Je le chercheray par curiofité
quand je feray à Paris. Mais j'ay
vû Clément Alexandrin ancien
écrivain Chrétien & tres-fçavant

homme, qui eſtant nourri dans
les écrits des Philoſophes, ſur
tout dans ceux de Platon, dont
on voit aſſez qu'il a imité le
ſtyle, ſemble avoir auſſi voulu ſauver ces Philoſophes par la
ſeule Philoſophie. Que faut-il
dire ſur cela, MADAME? On
dit ordinairement que c'eſt une
erreur dans Clément Alexandrin; & c'en ſeroit une de meſme dans ce Docteur Portugais
bien moins conſiderable que
luy. Mais on peut, ſi je ne me
trompe, expliquer Clément Alexandrin luy-meſme plus favora-
blement par la remarque que
j'ay faite des ſuppoſitions im-
poſſibles. En effet, MADAME,
ſi nous ſuppoſons qu'il y ait un
homme ſi bien compoſé par la
nature, ou plûtoſt ſi bien pre-
ſervé des infirmitez de la nature
par quelque grace particuliere,
que

que jamais il n'ait manqué à
fuivre fes lumieres naturelles ;
que jamais la paffion ni l'inte-
reft, l'amour ni la haine, la crainte ni l'efperance, la colére ni
l'ambition, ne l'ayent emporté
ni à droit ni à gauche, qu'il n'ait
jamais fait à autrui que ce qu'il
voudroit qu'on luy fift à luy-
mefme : cét homme non pas veritable & réel, car il ne fut jamais, mais imaginaire & fuppofé, comme il a efté prefervé du
peché par quelque grace particuliere, fera auffi fauvé, dans la
penfée de Clement Alexandrin,
par quelque grace particuliere.
Mais fi nous pofons au contraire, ce qui eft tres-veritable, que
tout homme eft menteur, & pe-
cheur par fa nature corrompuë ;
que nous fentons une Loy de
peché en nos membres, oppo-
fé e à a Loy de la raifon, & qui

D

nous fait faire le mal que nous
ne voulons pas , comme parle
Saint Paul ; que tout peché a
befoin de pardon ; que tout pardon devant une Juftice infinie a
befoin de redemption, que toute redemption a befoin d'une
connoiffance du Redempteur,
& d'une acceptation de noftre
part : il s'enfuivra, comme l'Eglife le croit, que Dieu a fait mifericorde à qui il a fait mifericor-
corde : grace aux uns, juftice
aux autres. Et c'eft auffi à quoy
il faut s'en tenir , laiffant à part
toutes les fuppofitions impoffi-
bles , que peut-eftre Clement
Alexandrin n'a jamais faites, &
qui mefme, en diminuant fon
erreur, ne l'excuferoient pas tout-
à-fait.

Je penfe , MADAME, en
avoir affez dit fur le fujet des
Scholaftiques particuliers, le plus

souvent mal appliquez ou mal
entendus, mais voftre ami croira peut-eftre que je ne defere
pas affez à leur autorité , parce
que je n'ay pas efté leur difci-
ple , & qu'on ne m'a point vû
fur les bancs. Le grand Cardinal du Perron, ᵃ dont je con-
feille toûjours la lecture à ceux
qui veulent fçavoir au vray ce
que c'eft que nos controverfes,
avoit fans doute paffé par-là, &

ᵃ Cet inftitution de Theologie que nous
appellons la Theologie Scholaftique, n'avoit
point encore lieu au fiecle de l'Antiquité,
pour ce que la Dialectique & la Metaphyfique qui en font les principaux inftrumens
( car la Theologie Scholaftique n'eft autre
chofe que la doctrine de l'Ecriture & des
Peres , traitée par les organes de la Dialectique & de la Metaphyfique ) eftoient encore
fort peu ufitées parmi les Chrétiens, à caufe
du peu de connoiffance qu'ils avoient des
écrits d'Ariftote , qui eft le Pere de l'un &
de l'autre fcience. Et auffi pour ce que les
premiers Peres , ou occupez en perpetuelles
guerres & difputes ferieufes contre les Eth-
niques, ou Heretiques, ou employant ce qui

en avoit tiré parti peut-eſtre plus
qu'aucun autre : on peut voir
ce qu'il dit des Scholaſtiques en
pluſieurs endroits ſur tout dans
ſon ouvrage de l'Euchariſtie, livre I I I. chapitre 20. & ſuivans,
où aprés avoir raſſemblé une
infinité de queſtions bizarres que
quelques - uns d'entre eux ont
accoûtumé de traiter, comme s'il
en vouloit faire une raillerie, au
lieu qu'il ne penſe qu'à en faire

leur reſtoit de temps en écrits ou prédica-
tions, n'avoient point encore le loiſir d'in-
troduire en l'Egliſe cette forme de diſputes
faites à l'ombre, & par forme d'exercice,
comme une eſpece d'eſcrime & de combat
feint, pour dreſſer & preparer leurs Ecoliers
aux combats vrais & ſerieux : au moyen de
quoy n'ayant ni le loiſir, ni la curioſité que
donne cette vocation à ceux qui ſont de-
diez pour exercer la jeuneſſe en ces diſputes
feintes, & en ces ſalles d'eſcrime ſpirituel-
le, de rechercher des queſtions ſur chaque
pointille des propoſitions de la Theologie,
& les diſputer exactement de part & d'autre,
pour pouvoir eſtre preſts de répondre à toutes les curioſitez de ceux qui voudroient at-

l'apologie, il ajoûte ce que je fais mettre au bas des pages (pour ne rien changer à ſes pro-pres paroles) & fait aſſez con-noiſtre par toute la ſuite de ſon diſcours que leurs combats feints, qu'il compare à l'eſcri-me, & leurs diſputes abſtraites ont leur uſage, & leur abus; que ce qui nous paroiſt ſuperflu leur eſt quelquefois neceſſaire, mais n'eſt ni neceſſaire, ni utile

taquer les matieres de la Foy, & n'ayant eſté les écrits d'Ariſtote connus à bon eſ-cient en Occident, que depuis les incurſions des Arabes en Eſpagne & en Sicile, du voiſi-nage deſquels les Occidentaux tirerent il y a 5 0 0. ou 6 0 0. ans la verſion Latine des écrits d'Ariſtote, priſe de l'Edition Arabi-que, & la verſion des Commentaires Arabes ſur le meſme Auteur, qu'ils avoient trop plus ſoigneuſement éclaircis & examinez, que les Expoſiteurs Grecs; il ne faut point trouver étrange ſi les Scholaſtiques qui ſont venus depuis, ſe dedians particulierement à cét exercice, & ayans le loiſir & les armes de la Dialectique & de la Metaphyſique, ont propoſé, traité, & agité infinies diſputes

D iij

au commun des Fideles, & pourroit mefme eftre mauvais aux
Docteurs s'ils s'y attachoient a-
vec excés, en negligeant la meditation de l'Ecriture, ou l'étude
de l'Antiquité Eccléfiaftique.

Il remarque auffi tres-bien
que la Scholaftique eft l'enfant
& la production de la Dialectique, ou Logique d'Ariftote, appliquée à la Religion ; Dialectique ou Logique, que je regar-

exercitatoire fur chaque point de la Foy,
qui n'avoient point efté remuées & debat-
tuës par les Peres, occupez lors feulement à
défendre & propugner ce qui fe difputoit fe-
rieufement entre eux, & les Heretiques de
leur fiecle.

Et quant aux abfurditez que le fieur du
Pleffis trouve en ces queftions & recherches
Scholaftiques, recherches à la verité nées
d'efprits plus *abondans en loifir* & en *curiofité*, que les occupations des Peres, non encore diftinguez en Profeffeurs de Theologie
Pofitive, & de Theologie Scholaftique, ne
leur permettoient d'eftre. Quel eft l'article
de foy, fur les confequences duquel les
Scholaftiques n'ayent excogité, & agité des

de en mon particulier comme une des plus belles inventions de l'esprit humain. Car qui n'admireroit qu'un seul homme par sa contemplation ait pû reduire & renfermer en certaines classes, & sous certaines formes les manieres infinies dont les hommes raisonnent, & nous donner des marques exterieures, pour ainsi dire, qui nous fassent distinguer la veritable raison de la

questions pleines en apparence d'aussi grandes ou plus grandes absurditez.

Si quand Saint Augustin répondit à ceux qui s'enqueroient de ce que Dieu faisoit avant que de créer le monde, qu'il faisoit l'enfer pour mettre les curieux, il eust pû par cette réponse reprimer tous les esprits pleins de loisir, & de vaine & malicieuse curiosité : il eust esté utile que les Scholastiques se fussent contenus dans la mesme simplicité.

Mais le Diable suggerant de jour en jour aux ennemis de la foy de nouvelles questions sur les matieres de la Religion Chrétienne, pour ébranler & inquieter de doutes & scrupules la croyance des simples, qui accusera

D iiij

fauſſe ? Mais quoy ? tous les ſecours que l'Art donne à la nature quand ils paſſent un certain point, & qu'ils la veulent
trop ſoulager ne font plus que
l'affoiblir. Les lunettes, le bâ-
ton, les remedes, quand on s'en
ſert ou trop toſt, ou trop ſouvent ou mal à propos, émouſ-
ſent, éteignent & étouffent,
pour ainſi dire, ce qu'il y avoit
de force & de vigueur en nos
facultez naturelles. Un pur Lo-
gicien eſt quelquefois moins raiſonnable qu'un autre homme,
parce qu'il eſt accoûtumé à n'é-

les Scholaſtiques ſi par leur religieuſe curioſité, ils vont au devant de ces impies & irre-
ligieuſes curioſitez, & prevenant les queſtions, qu'ils reconnoiſſent que les ennemis
de la Religion leur devoient faire, ſe les pro-
poſent à eux-meſmes en diſputes feintes &
agitées de part & d'autre, pour s'exercer
eux & leurs Diſciples à les refuter quand
elles ſeront propoſées à bon eſcient, & en
guerre ouverte par les adverſaires de l'Egliſe.

xaminer prefque jamais les chofes par le dedans & par le fond ,
mais par la forme, & par le dehors; ainfi à force de bien raifonner, il ne raifonne plus. Un
pur Scholaftique qui abandonne les fources des chofes, & les
veritables difficultez , pour ces
difficultez feintes , à force de
vouloir eftre Theologien, commence à ne le plus eftre.

Ne penfez pas , MADAME,
que je me fois étendu là-deffus
fans deffein. Je fçay par ma propre experience que les Scholaftiques mal appliquez & mal entendus font un des *fcandales*
*mal pris* , de ceux qui font en
erreur. Je voudrois donner aux
autres les fecours dont j'ay eû
befoin , & à voftre ami autant
qu'à perfonne du monde. Mais,
MADAME, vos prieres , & celles de toute la fainte Maifon

D v

où vous eftes ; y peuvent affûre-
mént beaucoup plus que tous
nos efforts humains ; & non-
feulement les miens, qui font
en effet tres-peu de chofe, mais
ceux des perfonnes plus habiles,
à qui il me femble que vous
voulez communiquer fon écrit.
Nous combattrons tant qu'il
vous plaira ; mais c'eft à vous,
MADAME, à nous faire vaincre ; & fi vous n'obtenez pas
fon falut du ciel, ce fera bien
plus voftre faute que la noftre.

A Verfailles , ce 4. Se-
ptembre 1690.

# AUTRE LETTRE

## TOUCHANT

## LE DOCTEUR PORTUGAIS

## PAYVA ANDRADIUS.

### 1. Novembre 1690.

VOSTRE ami, MADAME, c'est ainsi que j'appelleray toûjours ce sçavant & honnête Protestant, jusques à ce que j'en sçache davantage, sera peut-estre bien aise d'apprendre que je luy ay tenu parole, en cherchant avec soin, le Livre du Docteur Portugais Payva Andradius.

Ce n'est pas une petite affaire que de le trouver à Paris : la ruë Saint Jacques ne le connoist pas ; les Bibliotheques les plus nombreuses ne l'ont point, non

D vj

pas mefme celle des Jefuites, ce
qui eft remarquable, parce qu'il
a écrit en leur faveur. A la fin
on me l'a déterré dans la Biblio-
theque de Sorbonne. Monfieur
l'Abbé Pirot perfonne de merite, s'il y en a aujourd'huy en
France ni ailleurs, & l'un des
plus capables, & des plus illuf-
tres fujets de cette Maifon, qui
ne connoiffoit cét Auteur non
plus que moy, s'eft donné la
peine de le lire à ma priere, &
ne pouvant m'envoyer le volume à Fontainebleau où j'eftois,
a eû la patience d'en faire luy-
mefme un extrait tres - ample,
où il y a bien des paffages entiers copiez mot à mot & de fa
main : ainfi c'eft prefque comme fi je l'avois lû. J'ay pourtant
donné ordre de le faire venir
de Hollande, ou de Francfort
pour le lire à ma commodité,

car on ne peut pas emprunter les livres de la Sorbonne pour les garder long-temps, & je ne fuis pas fi heureux que je puiffe paffer les journées entieres à ces fortes d'études.

Cét Ecrivain a du merite, & n'eft pas un Scholaftique fec & décharné comme font tant d'autres : on luy trouve par tout de l'efprit, de l'élegance, & de la vivacité fort au deffus du commun, & il répond, en un mot, à la reputation qu'il avoit dans le Concile de Trente.

Son autorité n'eft pas à méprifer, mais quand il diroit tout ce qu'on voudroit, ce ne feroit que l'autorité d'un particulier, comme je l'ay remarqué.

J'ay efté bien aife d'y voir, MADAME, ce que je ne fçavois pas, c'eft qu'il eft entré dans ce difcours, en défendant

Clement Alexandrin que j'ay
défendu moy-mesme dans ma
réponse aux Objections de vô-
tre ami.

Mais oserois-je vous dire,
MADAME, tout ce que je pense? Il se trouvera peut-estre que
j'ay défendu Clement Alexandrin mieux que ne le défend cet
habile Docteur Portugais, au
moins d'une maniere moins sujette à contradiction, quoy-que
je me tienne, comme je le suis
en effet, fort au dessous de son
sçavoir & de son genie.

Il n'y a que deux petites dif-
ferences, ce me semble, entre
ce que j'ay dit, & ce que dit
Payva Andradius.

La premiere, c'est que je me
suis expliqué nettement, car j'ay
dit qu'il est moralement impossible qu'un homme suive toûjours
ses lumieres naturelles sans pe-

cher jamais contre ce qu'il sçait,
& qu'il sent estre bien. Mais
quant à Payva, il ne dit point
precisément que cela soit ni possible ni impossible, & laisse les
choses dans une certaine ambi-
guité, qu'on n'oseroit censurer
en un Ecrivain de reputation tel
que luy, mais qu'on n'approu-
veroit jamais en un moderne
obscur tel que moy; & au fonds
il suppose ce que je tiens impossible, encore qu'il ne l'appelle ni possible ni impossible :
de sorte qu'il vient à mon sens,
ou pour mieux dire, que j'ay
rencontré le sien.

La seconde difference entre
luy & moy, est qu'il pretend
que par la lumiere naturelle on
a pû connoistre en quelque sorte un Redempteur, ce que je
tiens tres-faux. On peut bien
connoistre un Dieu bon, juste,

fage, d'une prévoyance ou providence infinie qui aura tout reglé avec bonté, fageffe & juftice; mais que ce Dieu puniffe fon propre Fils, fait Homme, pour fauver le genre humain, c'eft-ce que la raifon humaine ne fçauroit jamais découvrir: & tout le refte eft fi vague, & fi general, qu'il ne femble pas fuffire pour dire qu'on a connu un Redempteur.

Mais ce qu'il y a de plus important à remarquer, MADAME, pour venir au fait dont il s'agit, c'eft qu'en toute cette queftion le Docteur Portugais ne parle que des Philofophes, ou qui ont vécu avant l'Evangile, ou du moins à qui il n'a jamais efté annoncé.

Or cela une fois fuppofé, MADAME, quelle confequence en peut tirer voftre ami, au

moins qui soit juste & convaincante ? Les Philosophe à qui
Christ n'a point esté annoncé,
ont pû se sauver à force de bien
vivre suivant leurs lumieres naturelles : donc les Chrétiens à
qui la revelation a esté donnée
peuvent se sauver sans deferer
à cette revelation, pourvû qu'ils
tâchent d'aimer Dieu tel qu'ils
le conçoivent. Je ne vois pas
que cela s'en ensuive.

De dire, nous faisons ce que
nous pouvons avec cette revelation, comme les Philosophes fai-
soient ce qu'ils pouvoient avec
leurs lumieres naturelles, qu'on
nous fasse connoistre la verité,
nous la suivrons, &c. je ne tiens
pas que cette raison puisse estre
receûë. Je m'en suis expliqué,
elle prouve trop. Si cela est, il
n'y eut jamais d'heretique. Or
il est certain qu'il y en a qu'il

faut méfme éviter, comme dit
l'Apoftre, aprés les avoir avertis plufieurs fois de revenir à
leur devoir. *Je ne puis croire*
n'eft pas une bonne excufe,
pour eftre à couvert des peines
de l'incredulité.

Je voudrois que voftre ami
qui me paroift fi éclairé, fift
cette petite reflexion par laquelle je finis.

A peine pourroit-on trouver
trente ou quarante perfonnes de
quelque nom depuis plufieurs
fiecles, qui ayent tenu qu'on
pouvoit fe fauver en toutes les
Religions, & ces trente ou quarante ne fe font jamais vûs, &
n'ont jamais fait aucun corps.
Eft-il d'un homme fage tel que
voftre ami, & qui femble avoir
efté touché de ce que j'ay dit
fur l'autorité du grand nombre
dans la Religion Chrétienne,

de hazarder fon falut éternel fur la penfée de trente ou quarante Particuliers feparez, contre l'avis de tout le grand Corps de l'Eglife ? Combien vaudroit-il mieux, MADAME, facrifier à Dieu & à la paix, toutes les petites repugnances qu'on peut avoir pour le fentiment commun, & dire, je n'entends pas tout-à-fait cela, mais l'efprit humain ne voit jamais tout-à-fait clair, & jufques au fond dans les chofes divines. Je fuis, MADAME, avec tout le refpect poffible, &c.

ᴥᴥᴥᴥᴥᴥᴥᴥᴥᴥ

# SECOND MEMOIRE

## DE

## M. DE LEIBNIZ.

J'HONORE ſi parfaitement le merite de Monſieur Pelliſſon, que j'apprehende de me trop émanciper en repliquant à ſes remarques ſur mon Memoire, & de paſſer pour un homme qui voudroit l'engager dans une longue diſpute : ce qui ſeroit abuſer de ſon temps. Cependant la civilité m'ordonne de répondre à ſes honneſtetez, & la bonne foy de dire ſincerement l'effet que ſa replique a fait dans mon eſprit. Il y regne ſans doute ce beau tour, cette netteté & cette force qui luy eſt ordinaire : on y fait toûjours profit, tantoſt en

apprenant quelque chofe , tan-
toft en fe fentant touché des
bonnes chofes qu'on fçavoit déja : & c'eft l'ufage de l'éloquen-
ce. Cependant je fuis forcé d'a-
voüer que je ne fuis pas encore
convaincu fur le grand point
dont il s'agit , & on ne doit pas
s'en étonner , c'eft une chofe
trop importante & trop difficile.
Mais comme je voudrois fur
tout me conferver l'éloge de fincere, que M. Pelliffon m'accorde , ( au défaut des autres qu'il
y ajoûte , & que je ne merite
point ) je tâcheray de m'expliquer en forte qu'on connoiffe
au moins que je fuis éloigné de
chicane. Je fuis quelquefois
reduit à des repetitions de ce
que j'avois dit dans le premier
écrit, lors qu'il me paroift qu'on
n'y a point touché affez : auffi
femble-t-il que la replique n'eft

pas encore entiere , parce que
certains points des plus difficiles
n'y ont pas encore esté appro-
fondis; sur tout celuy du sentiment des Theologiens Catholiques tres-celebres touchant le
salut des Heretiques materiels.
Je n'ay pas l'honneur d'estre connu de la Dame à laquelle M.
Pellisson adresse son écrit , en
supposant que je le sois ; mais
ce qu'il en dit suffit pour me
faire comprendre que ce doit
estre une personne d'une force
d'esprit extraordinaire, & d'une
grande pieté. Je me sens extrémement obligé à sa bonté, dont
l'étendüe va jusqu'à un incon-
nu, & je voudrois la pouvoir
meriter en quelque façon ; mais
comme j'apprens que cecy passe
par les mains des personnes de
la premiere élevation , d'une
naissance à porter des sceptres

& d'un merite à les manier, le respect que cette idée m'imprime me fait brifer court fur tout ce qui n'eft pas effentiel à la matiere.

Ce que j'avois voulu dire des raifonnemens, que M. Pelliffon avoit à mon avis laiffé imparfaits, fe particularifoit par la fuite de mon difcours & par les exceptions que j'avois apportées, qui me fembloient refter à difcuter aprés fes reflexions : C'eft pourquoy je ne veux pas en faire un article à part.

Je confeffe que les motifs inexplicables font fufpects naturellement, & qu'on doit s'en défier : cependant j'ay fait voir que les Theologiens de l'Eglife Romaine s'en fervent, lors qu'ils veulent que la conviction qui vient du mouvement interieur du Saint Efprit, fait la Foy di-

vine ; au lieu que les raifons explicables ne la rendent qu'humaine, & ne donnent qu'une
vray-femblance : ainfi ils font
tous reduits à chercher les marques interieures du mouvement
du Saint Efprit. Si M. Pelliffon
croit qu'il n'y a point de telle
marque ( comme il paroiſt par
fes paroles ) comment peut-on
fauver cette conviction ou cer-
titude qui fe doit rencontrer
dans la Foy divine , d'autant
plus qu'il y a bien des gens qui
croyent fans en fçavoir des raifons ?

Quand à la diftinction des
points fondamentaux & non fondamentaux, M. Pelliffon a raifon encore de dire que la moindre erreur dans la Foy accompagnée de rebellion, peut priver du falut : mais tous ceux
qui font hors de la communion
de

de l'Eglise, ne font pas rebelles. Les Theologiens demeurent d'accord qu'on peut eftre
excommunié injuftement. De
plus les Catholiques accordent
qu'il y a des heretiques materiels qu'ils n'ofent point condamner : ce n'eft donc que la
defobéiffance felon eux qui condamne. Or celuy qui n'entend
pas les ordres, ou ne les com-
prend pas, ou enfin ne peut pas
les executer, quoy-qu'il faffe des
efforts pour tout cela, n'eft pas
defobéiffant. Si les Conciles s'a-
vifoient de condamner Copernic, plufieurs habiles Aftrono-
mes feroient en danger d'eftre
ou hypocrites, ou exclus de l'exterieur de l'Eglife, malgré eux.
Les opinions ne font pas volon-
taires, & on ne s'en defait pas
quand on veut; c'eft pourquoy
(abfolument parlant) elles ne fe

E

commandent pas ; ſuffit qu'on
ſoit docile , & porté ſincerement
à faire les diligences dont on eſt
capable à proportion de ſa profeſſion. C'eſt pour cela que ceux
qui ont juré de ſuivre certaines
doctrines , & ont depuis changé
de ſentiment ( comme cela arrive aſſez ſouvent ) ne ſont pas
tenus parjures : Cependant l'excommunication ne laiſſe pas d'a-
voir un grand pouvoir, mais
c'eſt lors qu'elle ſe fait juſte-
ment ( *clave non errante :* ) Elle
frappe les obſtinez & ne fait
point de mal aux humbles, comme la foudre. Quand on dit,
que l'Egliſe ne ſe peut jamais
tromper en la Foy , il y a de
l'équivoque : car cela peut ſigni-
fier que Dieu ne permettra pas
qu'une erreur damnable l'emporte entierement ſur la verité.
Mais de cela il ne s'enſuit point

que toutes les opinions qu'on
decide comme de foy font ne-
ceſſairement de foy : car cette
erreur ( ſi on ſe trompoit là-
deſſus dans l'Egliſe ) n'eſt pas
damnable. De plus, il peut quelquefois arriver, que la doctrine autoriſée ſoit bonne comme
elle eſt conçûë dans les Livres
Symboliques, & comme meſ-
me on l'enſeigne dans les Éco-
les ; mais qu'il s'y meſle des abus
tres-grands dans la pratique &
dans l'inſtruction des peuples.
Un homme bien intentionné s'é-
leve contre ces abus ; on ne l'é-
coute point ; on le veut obliger
à ſe retracter, à quoy il ne ſe
peut point ſoumettre ſans eſtre
hypocrite : on le condamne là-
deſſus, peut-on l'accuſer de
ſchiſme ? J'avoûë donc que l'E-
gliſe qui eſt une eſpece de Republique, a les avantages des

E ij

autres Republiques, & mefme
d'une maniere éminente, il faut
qu'elle ait un pouvoir & une
execution (*quod extremum eſt in
juriſdictione:*) & c'eſt Dieu qui
ſe charge d'executer ſes ſenten-
ces, mais c'eſt avec quelque reſerve. On doit de l'obéïſſance
aux Superieurs & à l'Egliſe plus
qu'à tous les autres; c'eſt beaucoup dire, & je le dis néan-
moins; mais elle n'eſt pas aſſez
autoriſée de Dieu pour preten-
dre à une obéïſſance abſoluë.
On n'en voit pas des titres aſſez
clairs pour pouvoir avoir l'eſprit
en repos là-deſſus, & pour dige-
rer tout ce qui allarme la conſcience d'un homme de bien.
Ceux qui s'imaginent que l'Antechriſt s'y eſt mis ſur le thrô-
ne, croyent y voir des abus ſi
terribles, que les raiſons particulieres de diſcuſſion l'empor-

tent de beaucoup dans leur efprit fur le prejugé de l'autorité
des fuperieurs. Ceux qui font
frappez de ces idées affreufes,
n'ont garde de fe pouvoir rendre à des raifons generales de
convenance. Je ne pouffe pas les
chofes fi loin, cependant j'ofe-
rois avancer qu'ils difent quelquefois des chofes qui ne meri-
tent que trop d'eftre écoutées.
Pour les defabufer, il faut venir
au fait; fur tout il faudroit remedier effectivement à plufieurs
abus reconnus par des gens de
pieté & de doctrine. Ce feroit
le vray moyen de lever les obftacles, autrement plufieurs s'imaginent qu'on ne cherche qu'à
plaftrer les chofes, qu'il y a plus
de politique que de zele, & que
ceux qui crient le plus, croyent
le moins. Il y a autant de male-
dictions contre ceux qui parti-

cipent aux abominations, qu'il
y en a contre ceux qui rompent
l'union : on oppofe préjugez à
préjugez, nouveautez contre
nouveautez, Peres contre Peres;
mais la balance propre à les pefer les uns contre les autres,
n'eft pas entre les mains de tous
les hommes & n'eft pas aiféeà
manier. J'avoûë que je ne dis
pas icy des chofes fort nouvelles, mais je ne vois pas encore
qu'on ait levé ces difficultez,
M. De Meaux, M. Arnaud, M.
Pelliffon, M. Nicole, & quelques peu d'autres ont dit des
chofes admirables; mais il femble qu'ils ne tournent point la
medaille. Ils approfondiffent &
cultivent quelque argument a-
vantageux; ils luy donnent de
l'éclat : quand on ne voit que
cela, on eft frappé. La mefme
chofe arrive fouvent à des Ju-

ges quand ils n'ont encore écouté qu'un témoin ; mais comme il
y a un conflit de raisons, il faut
mettre tout en ligne de compte,
la recepte & la dépense. M. de
Meaux dans son Exposition, fait
voir que la doctrine du Concile de Trente peut avoir un
sens tolerable. Voilà qui va bien,
& il seroit à souhaiter que les
autres Docteurs de son parti
parlassent toûjours comme luy :
mais tout ce qui est tolerable
n'est pas veritable ; & tout ce
qui est veritable n'est pas toûjours necessaire. Il ne s'ensuit
point pour cela, qu'on soit obligé de suivre des doctrines qu'on
peut excuser. M. Arnauld met
dans un fort grand jour la
croyance des Orientaux sur la
presence réelle ; il justifie les
Catholiques d'Angleterre d'une
conspiration imaginaire ; il fait

E iiij

valoir les inconveniens des ex-
preſſions des Reformez, qui ſoû-
tiennent l'inamiſſibilité de la
grace. M. Pelliſſon montre ex-
cellemment que les ſentimens
ou experiences interieures où
l'on ſe doit fier, ſont celles qui
ſont generales, & que c'eſt alors
la voix de Dieu & de la nature
qui nous parle. Il fait valoir
l'autorité du grand nombre là-
deſſus ; il releve fortement la
neceſſité d'un pouvoir d'excommunier dans l'Egliſe. M. Nicole
prouve l'impraticabilité d'un é-
xamen particulier exact ; & tous
ces hommes illuſtres ſçavent
trouver merveilleuſement le foible de leurs adverſaires ; mais
ces victoires particulieres ne décident point. Il me ſemble,
qu'on voit des braves défier
quelqu'un des ennemis, & le
défaire à la vûë des deux ar-

mées; mais ce n'eſt pas la bataille. Il faut montrer exactement juſqu'où va l'autorité des
ſuperieurs Eccleſiaſtiques, & la
neceſſité de leur obeïr; car elle
n'eſt pas illimitée : & il faut
prouver que ce pouvoir s'étend
ſur tout ce qu'on exige des Proteſtans; ou bien il faut ſe ré-
ſoudre à la diſcuſſion particuliere, & abandonner une bonne
fois des argumens generaux non
concluans.

Je viens au dernier point, ſçavoir ſi un veritable amour de
Dieu ſur toutes choſes ſuffit au
ſalut. Je n'oſe pas le décider,
& je n'ay garde de le dire dans
les termes couchez par M. Pelliſſon, comme ſi celuy qui aime
Dieu, puiſſe eſtre ſauvé ſans ſe
mettre en peine des diſputes
ou controverſes. Je diray plûtoſt tout le contraire, & j'avoûë

E v

que le plus seûr eft de ne rien
negliger, & que l'amour veritable mefme le commande. Il
faut chercher la veritable Eglife, & l'écouter quand on la connoift; obéir aux fupérieurs tant
qu'on le peut fans bleffer la
confcience, & employer avec
foin tous les moyens de connoiftre les volontez revelées de
Dieu. Mais quand après tout
cela on ne réüffit point à rencontrer la verité fur certains
points d'importance, la queftion
eft, fi on pourra eftre fauvé. Il
eft tres-fur que les Theologiens
diftinguent communément entre les heretiques materiels &
formels, & qu'ils condamnent
les uns & non pas les autres. On
peut dire, que les Jefuites generalement enfeignent qu'un heretique materiel fe peut fauver
par la veritable contrition, quoy-

qu'ils jugent qu'elle n'eſt pas ai-
ſée. Il ſera difficile de produire
de leurs Auteurs qui ſoient d'un
autre ſentiment , & il y en a
beaucoup qui ont étendu cette
doctrine juſqu'aux Payens, comme j'ay fait voir, quoy-que les
Auteurs Proteſtans ſe ſoient ré-
criez contre eux. Or la veritable contrition eſt une penitence fondée ſur l'amour divin :
l'hereſie formelle n'eſt damnable
que par ce qu'alors la veritable
droiture de la volonté manque ,
& par conſequent l'amour de
Dieu qui enferme cette obéiſ-
ſance filiale; la Foy eſt morte ſans
la charité qui ſupplée au défaut
de la connoiſſance : ainſi, ſuivant
ces principes , tout s'y reduit.
Quoy, M. Pelliſſon voudra-t-il
renverſer la diſtinction entre les
heretiques formels & materiels?
Pourquoy excuſe-t-on des Peres

des premiers siecles qui ont eû
des sentimens assez étranges,
mesme sur la Trinité ( comme
le Pere Petau a reconnu ) sans
parler d'autres matieres ? C'est
parce qu'on dit, qu'avant la décision de l'Eglise les erreurs
n'estoient pas des heresies, puis
qu'elles n'estoient pas accompa-
gnées de désobéissance. Le passage de Saint Salvian fait voir
aussi qu'il excuse les Arriens de
bonne foy : & on ne voit pas
qu'il les plaigne comme des gens
qui doivent estre damnez. C'est
donc l'obéissance ( laquelle n'est
parfaite que lors qu'elle se fait
par un motif desinteressé du divin amour ) qui est le point le
plus fondamental. Pourquoy le
schisme est-il un si grand mal?
n'est-ce pas parce qu'il blesse si
fort la charité ? Ce ne sont pas
là des sentimens particuliers de

quelque Scholaſtique obſcur ;
encore moins de certains écri-
vains modernes pleins de para-
doxes, dont je n'approuve gueres les opinions extraordinaires :
c'eſt pourquoy je paſſe ce que
M. Pelliſſon remarque fort bien
ſur les Scholaſtiques & ſur ces
autres Auteurs. Je demeure auſſi
d'accord avec luy que cette doctrine ne doit pas eſtre un pretexte pour autoriſer les ſectes, &
que le veritable amour fait tout
ſon poſſible pour connoiſtre la
volonté de Dieu touchant l'E-
gliſe ou autrement, & tâche d'y
ſatisfaire & de cultiver l'union ;
mais il ne s'enſuit pas, qu'il ne
ſe trouve jamais hors de la communion viſible de l'Egliſe. J'ay
déja remarqué qu'on peut eſtre
dans l'Egliſe *in voto*, comme
c'eſt ainſi qu'on peut prendre
part à l'effet des Sacremens, lors

qu'on ne sçauroit les recevoir eux-mesmes. Il me semble que M. Pellisson passe sur les distinctions qu'il y a à faire sur un point si important , peut-estre parce qu'il a voulu mediter davantage là - dessus , & consulter ( comme il dit * en quelque endroit ) les Auteurs que j'avois citez. Il ne faut pas s'étonner si les Conciles & les livres symboliques ne touchent gueres une question si delicate, & qui n'est pas à la portée de tout le monde, d'autant qu'elle est sujette aux abus ; c'est assez qu'on y parle des voyes ordinaires du salut, sans faire mention de ceux que l'injustice des superieurs ou autres raisons en peuvent priver. On sçait d'ailleurs que le Concile de Trente estoit fort reservé sur les points qui n'estoient pas principalement en contro-

verse avec les Protestans. L'E-
glise n'ayant donc rien décidé
là-dessus, pourquoy méprisera-
t-on les sentimens reçûs parmi
les Docteurs celebres, sur tout
quand ils servent à lever les
grandes difficultez, qui naissent
sur la justice de Dieu, & qui
peuvent diminuer cét amour
qu'on luy doit sur toutes choses? Il ne faut pas que le desir
de gagner nostre cause, & de
ramener les adversaires, nous
fasse donner dans des sentimens
qui nous y paroissent propres,
mais qui font tort à l'essence de
la pieté. M. Pellisson dit luy-
mesme fort judicieusement dans
un endroit de son premier Tome, que nos lumieres sont trop
courtes pour percer la profon-
deur de la justice divine. Ne
prononçons donc pas si hardiment des sentences condamna-

toires contre nos freres ; & con-
tentons-nous de dire , qu'il est
dangereux d'estre privé des
voyes ordinaires du salut : cela
suffit pour faire voir l'importance de l'Eglise , & nous oblige
tous à faire les efforts imagina-
bles pour rétablir l'union. Il faut
donc s'y prendre de la bonne
sorte de part & d'autre pour lever les obstacles. Malheur à ceux
qui entretiennent le schisme par
leur obstination , à ne vouloir é-
couter raison , & à vouloir en
avoir toûjours.

# REFLEXIONS
## SUR
## LE SECOND MEMOIRE
### DE M. DE LEIBNIZ.

JE ne vous ay promis, MA-
DAME, que des Notes fort
courtes sur le second Memoire
de Monsieur de Leibniz, & qui
ne pourront gueres estre enten-
duës que par luy.

### I.

Non-seulement je continuë
à le loüer, mais je loüe Dieu
de tout mon cœur, de ce qu'un
homme de ce merite me paroist
quelquefois fort proche des sentimens que nous luy souhaitons.
Dans ce second Memoire, il convient par tout d'une Eglise visi-
ble, à laquelle il faut tâcher de

se réünir, & y faire tout ce qu'on peut; qu'elle doit avoir le pouvoir d'excommunier les rebelles; qu'on doit obéïssance aux superieurs que Dieu y a établis; qu'il faut conserver un esprit de docilité pour eux, & un esprit de charité pour le grand Corps dont on s'est séparé. Voilà en apparence & selon moy plus de la moitié de l'ouvrage; mais voicy la difficulté. Il reste à voir si M. de Leibniz ou quelqu'autre particulier, remarquant dans ce grand Corps de l'Eglise certains dogmes, ou certaines pratiques, dont sa conscience est allarmée, il peut sans rentrer dans cette Eglise se tenir assûré de son salut.

## II.

A parler franchement, cette seconde partie détruit un peu la prémiere : car il est bien vray

que la confcience allarmée n'eft
rien, fi c'eft une fauffe allarme ;
mais fi l'on fuppofe que cette
allarme ait un veritable fondement, ce n'eft plus une Eglife
qu'il y a, ce font au moins deux
Eglifes, fçavoir celle où l'on fe
trouve, & celle où l'on voudroit
rentrer, fi la confcience allarmée le permettoit. Et il faut
que la verité foit partagée entre ces deux Eglifes, comme qui
diroit les trois quarts en l'une ;
un quart en l'autre ; ou bien
qu'il y ait encore un plus grand
nombre d'Eglifes, dont chacune ait quelque partie de la verité, fans que pas une ait la verité
entiere.

## III.

J'ay combattu ce partage de
la verité entre plufieurs Eglifes,
au premier Tome des Reflexions, fection 4. 5. & 6. Icy je

n'infiste que fur l'excommunication, & le pouvoir des Clefs,
dont toutes les Eglifes conviennent, & qui eft le feul argument que je traite avec M. de
Leibniz. Si la verité eft partagée entre plufieurs Eglifes, ce
pouvoir des Clefs eft abfolument ofté du monde, & s'en eft
retourné au ciel comme l'Aftrée
des Payens. Nulle de ces Eglifes qui ont partagé la verité ne
peut excommunier les autres a-
vec raifon, ni en eftre excom-
muniée.

## I V.

La diftinction de la Clef qui
erre ou qui n'erre point, *clave*
*non errante*, eft fouvent em-
ployée par les Catholiques, mais
elle ne peut icy avoir aucune application. Cette erreur de la
Clef ne s'entend jamais que du
particulier commis pour exercer

le pouvoir des Clefs au nom de l'Eglise. La clef dans les mains de ce particulier peut errer ; mais la clef n'erre jamais entre les mains de l'Eglise Univerfelle dans les articles de foy non conteftez. La clef n'erre jamais entre les mains des Conciles Generaux qui reprefentent toute l'Eglife, lors qu'ils prononcent fur les matieres de foy conteftées. La clef n'erre jamais enfin entre les mains de cette mefme Eglife, qui aquiefce à leurs décifions, les ratifie & les confirme tous les jours par un continuel & nouveau fuffrage. Les Catholiques ne fçauroient pas entendre autrement, *clave non errante*, fans fe contredire eux-mefmes, puis qu'une Eglife infpirée & infaillible eft leur premier principe.

## V.

Au fonds, cette promeſſe ſi
magnifique faite à toute l'Egliſe
en la perſonne des Apoſtres ſe
réduit à rien , & devient une il-
luſion ſi on l'entend comme M.
„ de Leibniz. Quand vous jugerez
„ bien, vous jugerez bien, & je
„ jugeray comme vous dans le
„ ciel : mais quand vous jugerez
„ mal, vous jugerez mal, & je ne ju-
„ geray pas comme vous. Voilà un
tres-beau privilege! & où eſt le
petit Juge de village & le petit
particulier qui ne puiſſe dire de-
„ meſme, ſi je juge bien, Dieu ju-
• gera comme moy ? En un mot,
ou la promeſſe n'eſt rien, ou el-
„ le enferme cecy, vous jugerez
„ toûjours bien, parce que vous ju-
„ gerez avec moy ; que mon eſprit
„ ne vous abandonnera point, &
„ que je ſuis avec vous juſques à
„ la fin du monde. M. de Leibniz

emble vouloir apporter là-deffus une diftinction toute nouvelle, au moins que je n'ay point
vûë ailleurs. L'Eglife, dit-il,
pourroit eftre infaillible fur la
foy, c'eft à dire que Dieu ne permettroit pas qu'elle tombaft fur
la foy en une erreur damnable;
mais il ne s'enfuivroit pas qu'elle ne puft décider comme de foy
ce qui ne feroit point de foy :
car cette erreur, fi on fe trompoit là-deffus dans l'Eglife, ne
feroit pas damnable. Je le prie
d'y faire un peu de reflexion, de
fe fouvenir de la loy du Talion,
œil pour œil, dent pour dent ;
de fuppofer enfuite le pouvoir
de l'excommunication tel que
nous l'avons établi par l'autorité de noftre Seigneur luy mefme ; & de juger enfin s'il y auroit une erreur plus damnable
que celle qui par dogme & par

principe, damneroit les Chrétiens lors qu'ils ne doivent pas estre damnez, & lanceroit sur des testes innocentes les foudres non pas chimeriques, mais réels & toûjours suivis de leur effet, que Dieu a laissez entre les mains de son Eglise. Où nous trouvera-ton d'ailleurs cette distinction dans la promesse de nostre Seigneur, Vous ne pouvez vous tromper en ce qui est de la foy, mais vous pouvez vous tromper à juger de ce qui est de la foy ? Qui n'entend naturellement que l'un enveloppe & renferme l'autre ? que c'est d'un objet en faire deux, & voir double ce qui est simple ?

## VI.

Mais , dit-on, il y a des heretiques formels & des heretiques materiels; ces derniers peuvent se sauver, les Catholiques mes-

mefmes en conviennent ; pourquoy n'en fera-t-il pas de mefme de ceux qu'une confcience
allarmée tient feparez de l'Eglife ? car cette diftinction des heretiques formels & materiels eft
fi établie qu'on n'oferoit la nier
& la renverfer. Je diray mon fecret à M. de Leibniz comme à
mon ami ; car dans la verité,
j'ay une eftime tres-folide & tres-
haute pour toutes les qualitez
de fon efprit & de fon cœur,
qu'il me découvre tous les jours
davantage, & cela fe joint avec
un defir fincere & ardent de fon
falut, qui eft quelque chofe de
plus que l'amitié mefme. Je luy
diray donc mon fecret. Je ne
difpute jamais contre les diftinctions reçûës, qui font prefque
toûjours bonnes au fens où on
les prend. Mais en gardant toûjours le refpect qu'on doit au

F

grand nombre & à l'ufage commun; il y a de ces diftinctions
dont je ne me fers pas volontiers, parce que fouvent elles me
femblent embroüiller les matieres au lieu de les démefler, rem-
pliffant l'efprit de certaines idées
confufes fur lefquelles on s'endort, & on fe trompe. Nous difons fort fouvent, par exemple,
cela eft vray à parler en politique: mais n'eft pas vray à parler en chrétien. Eft-ce qu'il y
a depuis peu deux veritez au
monde au lieu d'une? point du
tout, & perfonne ne l'entend
ainfi; mais cependant, fur cette
idée confufe, le politique peu
chrétien fe perfuade qu'en fuivant fa fauffe politique, il fuit
pourtant une verité. A quoy
bon diftinguer les heretiques
materiels, & les heretiques formels? N'auroit-on pas plûtoft

fait de dire , ce qui eſt tres-vray,
qu'il n'y a point d'heretique,
que celuy qui ſçachant la déciſion de l'Egliſe, s'obſtine à luy
reſiſter? Mais avec cette idée
confuſe d'heretique formels &
materiels, on peut ſe flatter, &
on ſe flatte, de cette concluſion :
il y a donc des heretiques qui ſe
peuvent ſauver; il faut chercher
maintenant ſi je ſuis des materiels ou des formels, & ſur cela
on s'endort.

## VII.

Mais ne diſputons pas ſur des
mots. Soit donc : il y a des heretiques materiels & des heretiques formels. Les materiels ſe
peuvent ſauver , c'eſt-à-dire,
ceux qui ont eſté avant la déciſion de l'Egliſe, & qui n'ont
pû la ſçavoir. Donc moy qui
ſçay la déciſion de l'Egliſe, mais
qui ne puis gagner ſur ma con-

F ij

science allarmée d'y aquiescer, je puis me sauver, & où est la consequence? Ne faut-il pas dire tout au contraire, je sçay la décision de l'Eglise & j'y resiste: donc je suis un de ces heretiques formels qui ne se peuvent sauver.

## VIII.

Mais, ajoûte-t-on, quelle est l'inhumanité de condamner un homme qui fait ce qu'il peut? nul n'est tenu à l'impossible. J'ay refuté cette objection au premier Volume des Reflexions, sect. 7. Icy j'ajoûte que cette objection montre évidemment la verité de nostre doctrine: car c'est l'objection que Saint Paul fait à sa propre doctrine. *Ce n'est point*, dit-il, *ni du voulant ni du courant* ( voilà l'homme qui fait ce qu'il peut, il ne marche pas à petit pas, il court, &

Rom. 9.

peut-eftre à perte d'haleine )
c'eft de *Dieu qui fait mifericorde.*
Telle eft la doctrine de Saint
Paul, voicy l'objection, *Mais,*
ajoûte-t-il, *vous me direz, de
quoy Dieu fe plaint-il encore? qui
eft-ce qui peut refifter à fa volonté?*
Ecoutez la réponfe: *O homme,
qui eftes-vous pour contefter avec
Dieu? Le vafe d'argile dira-t-il à
celuy qui l'a formé, pourquoy m'a-
vez-vous fait ainfi?*

## I X.

J'ay mis dans les Réflexions
un endroit que M. de Leibniz
m'a fait un fort grand plaifir de
remarquer, pour montrer que
nous ne connoiffons point la nature de la Juftice divine, lors
qu'elle ajoûte au premier mal
qui eft le peché, un fecond mal
qui eft la peine éternelle, non
pour corriger le coupable, car
il ne fe corrige plus, ni pour

*1. Vol. des Reflex. fect. 5. art. 2.*

l'exemple, car cét exemple n'eſt
point vû par ceux qui pechent,
mais par quelque autre principe
plus caché, & ſeulement comme pour mettre le mal avec le
mal, ainſi que l'eau a eſté miſe
avec l'eau & la terre avec la
terre. Mais la concluſion qu'on
en doit tirer, eſt celle que j'en
ay tirée ; c'eſt qu'il faut croire
de cette juſtice non pas ce que
nous en penſerions par nos raiſonnemens humains, & noſtre
juſtice humaine, mais au contraire ce qu'elle nous en a dit &
revelé elle-meſme, encore qu'il
ne s'accommode pas à noſtre
juſtice humaine & à nos raiſonnemens humains.

## X.

Tâchons neanmoins à juſtifier
Dieu d'une maniere plus humaine. Vous voulez entrer en compte avec luy comme Job, il vous

confondra, & de mille articles
de voſtre compte bien debattus
vous n'en gagnerez pas un ſeul.
Vous avez fait ce que vous pouviez, dites-vous ? il vous mon-
trera que vous n'en avez pas fait
la centiéme partie. N'avez-vous
rien preferé au deſir de luy plaire ? n'avez-vous point eû plus
d'ardeur pour quelqu'autre choſe que pour luy, & quelque autre affaire plus importante que
celle de connoiſtre ſa verité ? Ne
l'avez-vous point offenſé ? l'im-
penitence, la vanité, la dureté,
l'inſenſibilité de voſtre cœur
n'ont-elles mis aucun obſtacle
aux lumieres qu'il vouloit répandre dans voſtre eſprit ? Vous
en direz ce qu'il vous plaira,
pour moy à qui il a fait cette
miſericorde de me ramener à
ſon Egliſe, je ſçay que je n'ay
pas fait la milliéme partie de

ce que je pouvois pour obtenir
cette grande & infinie mifericor.
de.

## X I.

Revenons donc à ce que Dieu
nous apprend de fa propre Jufti.
ce, fans nous l'imaginer nous.
mefmes telle que nous la vou-
drions. Il nous a dit, *qui croira*
*fera fauvé ;* & non pas, *qui fera*
*ce qu'il pourra pour croire.* Il nous
dit que la foy eft un de fes dons.
Il nous dit qu'il endurcit qui il
luy plaift. Il nous dit, je lieray
ou délieray au ciel ce que mes
miniftres auront lié ou délié en
terre. Il nous parle de l'heretique à éviter & à abandonner,
aprés l'avoir averti plufieurs fois.
Il veut que nous le regardions
comme Payen & comme Infi-
dele. Voilà de terribles loix &
de terribles arrefts, mais ce font
loix & arrefts pour nous ; il n'y a

que Dieu luy-mefme qui puiffe
les revoquer.

## XII.

Mais pourquoy revoqueroit-il
fes loix éternelles ? Il luy fera
plus facile de convertir M. de
Leibniz qui fait ce qu'il peut,
ou tout autre nouveau Corneille, dont les prieres & les aumô-
nes feront montées jufques à
luy. Il le fera quand mefme il
faudroit luy envoyer extraordi-
nairement un Ange du ciel l'a-
vertir de s'adreffer à Saint Pierre, c'eft-à-dire, au miniftere établi pour le falut des hommes,
& alors Corneille fe trouvera
éclairé par l'efprit, échauffé par
le cœur ; Dieu ne fepare point
l'un de l'autre, en ceux à qui il
fait grace entiere. De marquer
les bornes de l'un & de l'autre,
comme M. de Leibniz fembleroit le defirer, nous ne le pou-

F v

vons : car c'eſt ce que Dieu ne
nous a point revelé, je m'en ſuis
expliqué ailleurs. On peut dire
meſme que cela eſt d'un coſté
ſemblable, & de l'autre different en tous les Fideles, comme le ſont dans la nature le vi-
ſage, la voix, l'écriture, & toute l'action des particuliers, avec
une infinité de varietez qu'on
ne ſçauroit exprimer. Icy Dieu
mettra plus de lumiere & moins
de chaleur ; là plus de chaleur
& moins de lumiere : il y aura
pourtant lumiere & chaleur par
tout en une infinité de degrez
differens, par proportion à l'é-
tat où le Fidele ſe trouve. Mais
enfin Corneille ſentira en ſon
cœur l'effet de la grace, il n'aura point beſoin de preuve pour
ce qu'il ſent ; & n'aura pas lieu
de tenir ce ſentiment pour ſuſpect, parce que c'eſt le ſentiment

*Reflexions*
*Tome 3.*
*2. Part.*
*Sect. 4.*

commun & general des Fideles,
& que fa grace ne fait que fuivre une autre grace bien prouvée & bien établie, qui eſt celle
de l'Egliſe. Au contraire, l'Ana-
baptiſte qui croira ſentir comme
luy l'effet de la grace, ne pourra pas s'y confier de meſme : car
ſa grace pretenduë & non prouvée, s'oppoſe à la grace prouvée ; & Dieu ne peut eſtre contraire à Dieu, ni la grace à la
grace. Je reviens toûjours à mon
ſyſteme, non pas par amour propre, à moins que cét amour propre luy-meſme ne me trompaſt
beaucoup, mais parce que c'eſt
de mon ſyſteme dont il s'agit, &
de faire voir qu'il ne ſe dément
pas.

## XIII.

Je crains bien que M. de
Leibniz n'ait pas aſſez employé
toutes les belles & grandes lu-

mieres de fon efprit fur la diftinction dont il fe flate, quand
il nous parle d'eftre baptizé *in
voto* , & dans l'Eglife *in voto,*
c'eft-à-dire , recevoir l'effet du
Baptefme , & l'effet de l'union
avec l'Eglife par le defir qu'on
en a; matiere qui nous mene-
roit bien loin, s'il faloit l'examiner à fond : mais voicy en
tout cas à quoy cela fe pourroit
reduire. Eftre baptizé *in voto,*
ce n'eft pas dire dans fon cœur:
» Dés que je feray perfuadé que le
» Baptefme des Chrétiens eft bon,
» & la Religion Chrétienne veri-
» table, je me feray baptizer. C'eft
tout au contraire dire en fon
» cœur. Le Baptefme des Chré-
» tiens eft bon , & la Religion
» Chrétienne feule veritable. J'en
» fuis convaincu; je ne veux que
» finir ma campagne , ayant les
» mains encore teintes de fang,

& aller recevoir ce Sacrement «
salutaire par les mains de Saint «
Ambroise , qui me donnera «
mieux qu'aucun autre toutes les «
inſtructions dont j'ay encore be- «
ſoin. C'eſt peut-eſtre dire : J'ay «
trop long-temps reſiſté au vray «
Dieu que Clotilde adore, bien «
que j'en aye reçû par ſes prieres «
des graces tres-grandes. S'il me «
fait encore celle de gagner cet- «
te bataille, j'ay vais ſoumettre «
ma fierté naturelle à ſa majeſté «
divine aux pieds de Saint Remy. «
C'eſt peut-eſtre dire enfin par
une conſcience allarmée & errante, comme faiſoient quelques
anciens : Je differe mon bapteſ- «
me, de peur que retombant, non «
par deſſein, mais par foibleſſe «
dans les meſmes fautes que le «
Bapteſme aura effacées, elles ne «
puiſſent plus trouver de pardon, «
ou ne l'obtiennent que par une «

» longue & affreuse penitence.
Voilà ce que c'est qu'estre baptizé *in voto*. A ce compte rentrer
dans l'Eglise *in voto*, ce seroit
» dire : Je suis resolu à quelque
» prix que ce soit de me faire Ca-
» tholique ; mais j'aime mieux que
» ce soit à Paris qu'à Hambourg, &
» je souhaite que ce soit entre les
» mains de M. de Meaux, & avec
» les secours de M. Nicole, puis
» que les Ecrits de l'un & de l'au-
» tre ont esté les premiers dont
» Dieu s'est servi pour me toucher.
» Quelle joye si M. de Leibniz es-
» toit ainsi *in voto* dans l'Eglise!

## XIV.

Voilà, MADAME, ce qui
m'est principalement demeuré
dans l'esprit, aprés avoir relû
deux fois avec attention son second Memoire. Il y a quantité
d'autres endroits sur lesquels on
pourroit s'arrester, si l'on ne

craignoit de faire un trop long
Ecrit. Je luy ſçay le meilleur gré
du monde de ne faire pas en
ſon particulier un grand fondement ſur la Controverſe de l'Antechriſt, cela eſt digne de ſon
ſçavoir & de ſa bonne foy. J'ay
eſté pris de cette chimere comme un autre, avant que j'euſſe
étudié l'antiquité ; mais quel
moyen de prendre le Pape pour
l'Antechriſt, quand on voit clair
comme le jour , MADAME,
qu'il n'a pas plus de part que
vous ni moy à toutes ces doctrines d'Antechriſt pretenduës, qui
eſtoient dans l'Egliſe avant que
le Pape fuſt Prince , & en des
regions tres-éloignées , où l'on
n'entendoit que rarement parler
de luy. Ajoûtez-y , MADAME,
que les Auteurs Proteſtans eux-
meſmes, ſans avoir trop bien
penſé aux conſequences , ont la

simplicité d'un côté de faire naiſtre, croiſtre, & élever dans l'O-
rient ces abus imaginaires, avant
que de les faire paſſer en Occident : & d'un autre coſté, de
ſoûtenir que le Pape n'avoit rien
à voir dans l'Egliſe Orientale.
Cela n'eſt pas vray au ſens qu'ils
l'entendent ; car il eſtoit regar-
dé par tout comme le premier
des Metropolitains en dignité,
& qui avoit les plus grands dio-
ceſes ſous luy ; comme le chef,
le preſident, & le capitaine general dans l'Egliſe aſſemblée, tel
qu'Agamemnon entre les Rois
au Siege de Troye , pour uſer
de la noble & élegante comparaiſon que le Cardinal du Perron a tirée d'Homere ; comme
fondé enfin à recevoir au beſoin
les appellations de tous les autres Metropolitains : ce qui enferme la juriſdiction univerſelle

& la conduite generale de toute l'Eglife. Mais il eft tres-vray que pour les Diocefes qui dépendoient des autres Metropoles, on n'avoit recours au Siege de Rome, qu'en des occafions tout-à-fait extraordinaires, dont l'hiftoire de plufieurs fiecles ne fournit qu'un petit nombre d'exemples, & où il ne s'agiffoit de rien moins que de ces points de doctrine qu'on nous difpute aujourd'huy. Qu'à donc fait le Pape pour luy attribuer ces pretenduës corruptions de la doctrine & ce pretendu regne de l'Antechrift?

## XV.

Les fouhaits d'un accomodement avec l'Eglife, & de quelque reformation, font ordinaires à toutes les perfonnes d'un genie élevé, quand Dieu veut les convertir; mais il faut reve-

nir à ce qui se peut pratiquer,
La veritable Eglise ne peut con-
sentir à aucune reformation de
ses dogmes sur la Foy ; elle ne
seroit plus veritable Eglise, si
cette reformation pouvoit avoir
lieu. Quant à la reformation
des abus dans la pratique, non
pas generale, mais particuliere,
l'Eglise n'a jamais nié qu'elle
n'en ait besoin : & c'est pour
cela mesme qu'elle s'est tres-
souvent assemblée dans ses Conciles generaux, & qu'elle a ordonné des Synodes & des Conciles particuliers qui y travail-
lassent sans cesse. Mais voulez-
vous la reformer, tenez-vous y,
si vous y estes, ou rentrez-y si
vous n'y estes pas. Ce n'est pas
en se separant, ou en demeurant
separé, qu'on en peut venir à
bout, si ce n'est par accident,
comme Luther nous a reformez

en provoquant l'Eglise à jalou-
sie, selon le langage de l'Ecriture, par une Eglise qui n'est pas
Eglise, auquel cas il est bon que
scandale avienne; mais malheur
à ceux par qui il sera avenu. Le
peuple fait un grand abus des
Images : montrez-luy par vostre exemple quel est l'usage legitime qu'on en peut faire, ou
par vos instructions ou par vos
ordres, si Dieu vous a mis en
autorité pour cela. Mais on a
eû tort de défendre au peuple
la lecture des livres sacrez: le
Cardinal du Perron vous dira,
que c'est le pain qu'on oste au
malade, pour le luy rendre
quand sa fievre ardente & ma-
ligne sera passée. Donnez-vous
un peu de patience, cette défense qui estoit de discipline, &
non pas de doctrine, ne durera
pas toûjours. Un temps viendra,

& ce temps eſt déja venu, que
les livres ſacrez ſeront entre les
mains de tout le peuple. Mais
il faudroit luy rendre l'ancienne liberté de communier ſous les
deux eſpeces, au moins quatre
ou cinq fois l'année : car les
Proteſtans pour la pluſpart ne
communient gueres davantage,
Et qui vous a dit que cela ne
puiſſe eſtre accordé quand il ſera demandé avec la ſoumiſſion
neceſſaire? ou plûtoſt, qui peut
douter que les Princes Proteſtans d'Allemagne ne l'obtinſſent
pour eux & pour leurs Etats en
rentrant dans l'Egliſe ? Nous
avons vû il n'y a pas dix ans,
quand on n'employoit en France
que la perſuaſion & les graces à
ramener nos Freres, ce projet
non-ſeulement écouté à la Cour,
& approuvé de pluſieurs ſaints
Prelats, mais en état d'eſtre reçû

à Rome, ſi les differends ſur la Regale & ſur les Franchiſes ne fuſſent venus à la traverſe. Voilà les reformations, ſi reformations y a, que les perſonnes puiſſantes ont droit d'attendre de leur interceſſion & de leurs offices. C'eſt à quoy il faudroit penſer, non pas à demeurer dans cette funeſte ſeparation, parce qu'on y eſt; malheur qui ne ſçauroit eſtre aſſez pleuré de toutes nos larmes. Une bonne partie de l'Allemagne s'ennuye il y a long-temps d'eſtre appellée Lutherienne & Proteſtante plûtoſt que Catholique. On a honte en ſecret de s'eſtre ſeparé pour des queſtions qu'on a oubliées, & qui ne ſont plus queſtions, auſſi-toſt qu'on n'eſt plus échauffé, & qu'on veut s'écouter & s'entendre : diſputes qui firent un ſi grand bruit au commencement

du fchifme, & dont perſonne ne
parle aujourd'huy, ſur la juſtifi-
cation par la Foy, ou par le merite des œuvres, ſur l'efficace des
Sacremens, *par l'œuvre œuvrée,*
ou par *l'œuvre de l'œuvrant,* &
autres choſes ſemblables. Les
Princes qui avoient crû trouver
dans ces diviſions je ne ſçay quel
agrandiſſement temporel pour
leurs Maiſons, ont reconnu par
une longue experience, que rien
n'eſtoit plus contraire à leur veritable grandeur. On ne ſçait
preſque plus à quoy il tient que
nous ne ſoyons un. L'œuvre de
Dieu ſemble toute preſte dans
une Nation genereuſe, franche
& ſincere. Quand il plaira à ce
Maiſtre des cœurs, de toucher
celuy d'une grande & incompa-
rable Princeſſe, en qui il a déja mis toutes les lumieres de l'eſprit, & qu'il a peut-eſtre laiſ-

fée exprés jufqu'icy à la tefte du parti Proteftant, elle rentrera en triomphe dans l'Eglife de fes Peres, avec une fuite de Peuples & de Nations, & pourra hardiment fe promettre une couronne de gloire, non-feulement dans le ciel, mais auffi fur la terre.

---

# CONCLUSION
## de ce Traité.

CRAIGNEZ DIEU, ET HONOREZ LE ROY: ce n'eft qu'un feul & mefme devoir. C'eft avec juftice que chaque petit volume de ces Reflexions fur la Religion a fini par l'Eloge d'un Prince qui a tant merité de la Religion & de l'Eglife. En cette quatriéme Partie il faut faire honneur à l'Etran-

*1. Pet. 2. 7.*

ger , qui d'ailleurs en eſt tres-
digne. Taiſons-nous pour cette
fois , & écoutons le témoignage
non ſuſpect d'un homme tres-
éclairé, que ni la naiſſance, ni
les bienfaits , ni les eſperances
n'attachent au Roy; qui ne peut
enfin eſtre prevenu pour luy,
que comme nous le ſerions pour
Conſtantin, pour Charlemagne,
ou pour Alexandre, par le ſeul
éclat de leurs vertus. Vous par
qui les Rois regnent, protegez
ce Prince comme il vous ſert: &
faites que toute la terre luy ren-
de une égale juſtice.

## EXTRAIT

### d'une Lettre de M. de Leibniz.

Il parle d'un acheminement à la
réunion des Proteſtans.

LEs malheurs du temps s'y
oppoſent , je l'avoüë, mais
peut-eſtre reverrons-nous encore

re la ferenité & le calme. Je ne
defepere pas entierement du
faulagement des maux de l'Europe , quand je confidere que
Dieu peut nous le donner, en
tournant comme il faut pour cela le cœur d'une feule perfonne
qui femble avoir le bonheur &
le malheur des hommes entre
fes mains. On peut dire que ce
Monarque ( car il eft aifé de juger de qui je parle ) fait luy feul
le deftin de fon fiecle , & que la
félicité publique pourroit naiftre de quelques heureux momens, quand il plaira à Dieu de
luy donner une reflexion convenable. Je croy que pour eftre affez touché , il n'auroit befoin
que de connoiftre fa puiffance :
car il ne manquera jamais de
vouloir le bien qu'il jugera pouvoir faire. Que fi cette prudence
refervée & fcrupuleufe qu'il fait

G

paroiftre au milieu des plus
grands fuccés dont un homme
eft capable, luy avoit permis de
croire qu'il dépend de luy feul
de rendre le genre humain heureux, fans que perfonne foit en
état de l'empefcher & de l'interrompre, je tiens qu'il n'auroit
pas balancé un feul moment; &
s'il confideroit que c'eft le com-
ble de la grandeur humaine de
pouvoir comme luy faire le bien
general des hommes, il jugeroit
bien auffi que le fuprême degré
de felicité feroit de le faire en
effet. Les éloges gaftent les Princes foibles, mais ce grand Roy
a befoin de comprendre toute
l'étenduë des fiens pour connoiftre ce qu'il peut, & pour le faire. Voilà un endroit où l'élo-
quence inimitable de M. * * *
pourroit triompher, en perfua-
dant au Roy qu'il eft plus grand

qu'il ne pense, & par conséquent
qu'il est au dessus de certaines
craintes pour le bien de son
Etat, qui le pourroient détourner des vûës plus grandes & plus
heroïques, dont l'objet est le
bien du monde. Quel panegyri-
que peut-on se figurer plus magnifique & plus glorieux, que
celuy dont le succés seroit sui-
vi de la tranquillité de l'Europe, & mesme de la paix de l'E-
glise ?

# ADDITIONS.

CE Traité de la Tolerance des Religions ne fait
pas un juste volume, on a crû y pouvoir faire quelques additions dont on espere que le public sera content.

Ces additions sont de trois sortes. Premierement, on
mis certaines Lettres qui ne sont pas proprement du sujet, mais qui y tiennent, & sont une suitte des prece-
dentes. Les Sçavans y trouveront entr'autres choses comme un essay de quelques découvertes considerables, que
Monsieur de Leibniz croit avoir faites en Physique, en
Metaphysique & en Geometrie, & qu'il rapporte à la
Religion. Cette premiere partie des Additions s'étend
depuis la page 1. jusques à la page 68.

La seconde partie est purement historique, & peut estre
regardée comme une preuve de ce qui a esté dit dans les
lettres, qu'il ne seroit pas impossible aux Princes Protestans d'Allemagne d'obtenir pour eux & pour leurs
Estats la Communion sous les deux especes en la demandant avec les conditions necessaires. O y verra des
Memoires particuliers, & qui ne sont point ailleurs, du
moins tous ensemble, touchant la permission de donner
le calice aux laïques accordée par Pie IV. à l'Allemagne, depuis le Concile de Trente, & revoquée, comme
on dit par ses successeurs. Cette seconde Partie s'étend
depuis la page 69. jusqu'à la page 165.

En dernier lieu on a mis les trois Eloges du Roy contenus aux trois volumes des Reflexions sur les differends de la Religion, le hazard ayant fait qu'en une
occasion particuliere ils ont esté un sujet de dispute entre quelques-uns des meilleurs Ecrivains du siecle, qui
en ont mesme donné leur sentiment par écrit, où chacun
s'est déterminé selon son goust en faveur de l'un des
trois. Cette occasion fut cause qu'on les imprima alors
en un cayer separé que plusieurs personnes ont demandé
depuis, & dont il n'y avoit plus d'exemplaires. Cette
troisiéme Partie des Additions est depuis la page 166.
jusques à la derniere.

# LETTRE
## DE M. PELLISSON
### A M. DE LEIBNIZ.
#### du 16. Juin 1691.

J'AY receû, Monsieur, la lettre que vous m'avez fait l'honneur de m'écrire par Monsieur le Resident d'Hanover. Je ne sçaurois jamais vous en rendre assez de graces tres-humbles, quand il n'y auroit que les seules marques de vostre bonté dont elle est remplie. Que voulez-vous que je fasse lors que vous parlez encore au nom de vostre grande Princesse, comme si elle avoit daigné prendre quelque part à ce qu'on vous écrivoit de ma santé. En voilà, Monsieur, mille & mille fois plus qu'il

a iiij

n'en faut, je ne dis pas pour payer , mais pour recompenser avec une magnificence royale les fouhaits que j'ay faits, & que je ne cefferay jamais de faire pour fa gloire & pour fon falut. Je ne vous dis rien davantage de fon Alteffe Electorale : quand on eft déja prevenu comme je le fuis de la plus haute veneration que le rang & le merite puiffent faire naiftre dans les efprits, il eft non-feulement fort aifé, mais auffi fort agreable d'y ajoûter cette vive reconnoiffance & ce zele ardent dont je tafcherois de luy donner des preuves s'il luy plaifoit quelque jour de m'honorer de fes commandemens. Mais la matiere eft trop grande pour moy ; Je reviens à ce qui vous regarde, Monfieur, je vous fçay le meilleur gré du monde d'avoir bien voulu me

faire avec toute l'ouverture &
toute la confiance d'une veritable amitié, l'abregé de voftre
vie, & un tableau racourci,
mais tres-jufte de vos inclina-
tions, de vos occupations & de
vos penfées. Je ne trouve rien
en tout cela qui ne redouble les
fentimens que j'avois déja pour
vous, & ne m'engage à vous les
témoigner par toute forte de devoirs & de tres-humbles fervi-
ces. Pardonnez-moy en premier
lieu, Monfieur, fi cette lettre
un peu longue n'eft pas *di pro-*
*prio pugno* : mes mauvais yeux
& mon mauvais caractere ont
fait que j'ay établi avec tout le
monde, fans exception, ma qualité *de Dictateur perpetuel* ; c'eft
ainfi que j'ay reveftu d'un nom
honorable la neceffité où je fuis
de paffer une partie de ma vie
à dicter. On ne vous a point

a v

trompé en ce qu'on vous a dit de l'hiſtoire du Roy. Mais il eſt vray qu'en cette ſorte de travail je ne vais qu'autant qu'on me pouſſe, parce que j'en connois le peril & qu'on y marche toû. jours

*per ignes*
*Suppoſitos cineri doloſo.*

Cependant, comme l'Hiſtoire d'un Prince tel que le noſtre doit eſtre ſelon moy, celle de toute l'Europe durant ſon ſiecle, & que mon ambition eſtoit de baſtir de marbre, non pas de plaſtre ou de ſtuc ; J'avoûë que j'ay employé, peut-eſtre perdu, un temps infini à chercher, à tirer, & à tailler ce marbre, dont je puis dire que les meilleures carrieres m'ont eſté ouvertes. Si cela vous eſtoit de quelque uſage, Monſieur, vous en pourriez diſpoſer, n'y ayant rien que je puisse refuser à un merite tel que le voſtre & à toutes les hon eſtetez dont vous m'avez prévenu. Si vous m'en voulez croire pourtant, Monſieur, que nos Annales ne nous faſſent point perdre de veüe les années éternelles, ni nos Cours, cette Cour ſuperieure où eſt noſtre veritable patrie ; je ne dis pas pour entrer dans ces diſputes qui n'ont point de fin, comme parle Saint Paul, mais pour nous avertir, nous aider & nous édifier l'un l'autre avec tous les mouvemens d'une charité vrayment chrétienne. J'en ſuis maintenant ſur la grande & importante matiere d° l'Euchariſtie. Vous me pardonnerez, à mon avis, la curioſité que j'ay de ſçavoir dans quel parti vous éſtes parmi ceux qui ne ſont pas avec nous, & ſi j'oſois encore, ce que

*Annos æternos in mente habui.*

*ἀπεράντοις, interminatis.* I. ad Tim. I. 4.

a vj

pense là-dessus vostre Heroïne,
qui sera celle de toute l'Europe
chrétienne, quand il luy plaira
d'exaucer nos vœux. Ne me dé-
fendez pas, Monsieur, de penser
en écrivant, je ne dis pas seulement à vous, mais à elle : un
objet de cette élevation & de cét
éclat ne pourra que m'élever
l'esprit, & me donner un nouveau courage & de nouvelles
forces dont je vous avoüë que
j'ay grand besoin. Pour vous témoigner en attendant, Monsieur,
quelle opinion j'ay de vostre sincerité ; de quelque parti que
vous soyez, je vous demande vostre avis sur une de mes conjectures dont je ne ferois pas grand
état si j'en trouvois une moins
mauvaise. Il s'agit d'un passage
de Saint Augustin, peu important à mon avis, mais que chacun veut mettre de son costé, &

qui felon moy, n'a aucun fens
raifonnable fi on n'y change
quelque chofe. J'ay retrouvé cette obfervation ces jours paffez
dans une groffe maffe d'écrits ou
extraits que je fis fur cette con-
troverfe durant les quatre années
de ma Baftille. Je n'ay encore con-
fulté que vous là-deffus, & M.
l'Abbé Pirot depuis trois jours
avec nos Peres de l'Abbaye S.
Germain, qui ont fait l'édition
de Saint Auguftin. J'attends leur
fentiment, vous m'obligerez de
me dire le voftre avec une entiere liberté, & beaucoup plus encore de m'apprendre quelque chofe de meilleur pour débroüiller
ce paffage. Je fuis, Monfieur,
autant que perfonne du monde,
Voftre, &c.

❦❦❦❦❦❦❦❦❦❦

# LETTRE
## DE M. DE LEIBNIZ
### A M. PELLISSON.
fans datte.

Monsieur,

Je ne fçaurois exprimer affez
combien je me trouve redeva-
ble à cette bonté genereufe qui
paroift à mon égard dans toute
voftre lettre. J'ay auffi fait part
à Madame la Ducheffe, de ce
qui la touche: elle fe fent fort
obligée à vos fentimens favorables, & je puis dire qu'elle prend
grand plaifir à tout ce qui vient
de voftre part, où elle trouve un

caractere particulier de force &
de lumiere. Comme elle eſt à
preſent aux Eaux, où noſtre
Cour ſe trouve à quelques lieuës
d'icy, elle m'a fait la grace d'é-
crire que l'exercice qu'on y fait,
n'eſt pas propre aux meditations
ſur des matieres éloignées des
ſens telle qu'on fait l'Euchariſtie, que cependant elle a toûjours crû, qu'on pouvoit ſauver
les paroles de la Sainte Ecriture
ſans avoir recours à un myſtere,
qui ſemble choquer les principes de la raiſon. Quant à moy,
( puis que vous en demandez
mon ſentiment, Monſieur ) je
me tiens à la confeſſion d'Auſbourg, qui met une preſence
réelle du Corps de Jeſus-Chriſt,
& reconnoiſt quelque choſe de
myſterieux dans ce Sacrement.
Cela paroiſt plus conforme au
texte & aux ſentimens de l'an-

tiquité , & on doit fauver le
fens naturel des paroles, s'il eſt
poſſible. J'avoûë cependant, que
ſi je tenois avec quelques-uns,
que l'eſſence de la matiere conſiſte dans l'étenduë , je ferois
obligé de recourir à la figure,
car les eſſences font immuables;
& d'attribuër aux choſes ce qui
répugne à leur eſſence, c'eſt une
contradiction. Or c'eſt le principe des principes, (comme vous
avez bien remarqué, Monſieur,
au commencement de voſtre ſeconde Section ) qu'une veritable contradiction ne doit pas
eſtre admiſe. Il eſt vray que ſans
avoir aucun égard à la Theologie, j'ay toûjours jugé par des
raiſons naturelles que l'eſſence
du corps conſiſte dans quelque
autre choſe que l'étenduë. Mais
comme je vois que cela importe
encore beaucoup pour ſoûtenir

ce que je tiens veritable en matiere de foy, j'ay efté d'autant plus porté depuis long-temps à méditer là-deffus. Dernierement un habile homme qui avoit appris, que je n'eftois pas en cecy du fentiment des Cartefiens, defira d'en fçavoir les raifons. Mais comme il auroit fallu un grand difcours plein de meditations abftraites pour expliquer tout ce que j'en penfe, j'ay choifi de mes raifonnemens celuy qui eft plus familier & plus conforme à l'imagination, tiré de la nature du mouvement & de la rencontre des corps. Peut-eftre qu'il fera maintenant dans voftre Journal des Sçavans, car une perfonne de mes amis l'a porté pour cét effet à M. le Prefident Coufin, qui avoit dit de l'y vouloir mettre. Il eft vray que je m'y fuis borné à un certain

point; qui n'eſt pas le plus important de tous ſur cette matiere du mouvement, afin d'eviter
'nne longue diſcuſſion, & je me
ſuis contenté de la negative
pour exclurre l'hypotheſe de l'é-
tenduë ſans expliquer aſſez ce
qu'il faut ſubſtituër. Je remarque que dans la nature des
corps, outre la grandeur, & le
changement de la grandeur &
de la ſituation, c'eſt-à-dire, outre les notions de la pure Geometrie, il faut mettre une no-
tion ſuperieure, qui eſt celle de
la force par laquelle les corps
peuvent agir & réſiſter. La no-
tion de la force eſt auſſi claire
que celle de l'action & de la paſ-
ſion, car c'eſt ce dont l'action
s'enſuit lors que rien ne l'em-
peſche; l'effort, *conatus*: & au lieu
que le mouvement eſt une choſe
ſucceſſive, laquelle par con-

fequent n'exifte jamais, non plus
que le temps, parce que toutes
fes parties n'exiftent jamais enfemble : au lieu de cela, dis-je,
la force ou l'effort, exifte tout
entier à chaque moment, & doit
eftre quelque chofe de veritable
& de réel. Et comme la nature
a plûtoft égard au veritable, qu'à
ce qui n'exifte entierement que
dans noftre efprit, il s'eft trouvé ( fuivant ce que j'ay démontré ) que c'eft auffi la mefme
quantité de la force, & non pas
la mefme quantité du mouvement ( comme Defcartes avoit
crû ) qui fe conferve dans la nature. Et c'eft de ce feul principe que je tire tout ce que l'experience a enfeigné fur le mouvement , & fur le choc des
corps contre les regles de Defcartes, & que j'établis une nouvelle fcience que j'appelle la Dy-

namique dont j'ay projetté des
Elemens. Cela me donne encore moyen d'expliquer les Anciens, & de réduire leurs penfées, qu'on a crû obscures &
inexplicables) à des notions clai-
res & distinctes. Et peut-estre
que cette fameuse ἐντελέχεια ἢ
ϖρώτη, & cette nature qu'on appelle *Principium motus & quie-*
*tis* n'est que ce que je viens de
dire. Je ne me suis pas encore expliqué assez à fonds sur cette
matiere, & la petite contestation que j'ay eûë avec le R. P.
Malebranche dans les Nouvelles de la Republique des lettres,
n'a esté que sur quelque chofe de particulier qui dépendoit
pourtant de ces principes. Si
Dieu me donne la santé & le
loisir, j'espere de donner un jour
quelque satisfaction au public
fur une matiere si importante,

qui a cela de curieux, que les
penfées abftraites fe verifient
merveilleufement bien par les
experiences, & qu'il y a là un
beau mélange de Metaphyfique,
de Geometrie & de Phyfique,
outre le grand ufage qui en re-
fulte, pour foûtenir la poffibilité du myftere. Car les perfonnes
à qui une fauffe Philofophie
fait croire que ce qu'on leur
propofe eft impoffible, ne fe
fçauroient rendre aux textes ou
autoritez, fans eftre defabufez
fur cette prétenduë impoffibilité; autrement ils fe croîront toûjours en droit de chercher des
explications figurées. Cependant la voye des autoritez ne
laiffe pas d'eftre tres-bonne &
tres-neceffaire. Je vous remercie
fort, Monfieur, de ce que vous
m'avez communiqué fur un paffage de Saint Auguftin. Je fuis

tres-content de voſtre reſtitution, & j'en parle plus amplement dans le billet cy-joint. La
bonté que vous avez de m'offrir
des lumieres ſur l'hiſtoire du
temps eſt grande, & j'en connois le prix. Peut-eſtre que j'auray un jour le bonheur d'en profiter. Au reſte, Monſieur, je ferois ſcrupule de vous détourner
de vos occupations importantes,
ſi je profitois ſeul de vos lumieres; mais encore, hors de noſtre
Cour, Monſeigneur le Duc Antoine Ulric & Madame la Ducheſſe de Zel (qui ont tous deux
des ſentimens tres-équitables)
ont eſté ravis de voir ce que j'a-
vois receû de voſtre part. Monſeigneur le Duc Antoine Ulric
eſt Prince Regent à Volfenbutel
avec ſon frere aiſné Monſeigneur le Duc Rudolphe Auguſ-
te; & comme l'aiſné n'a point

de mafles, & que fa fille a épou-
fé le fils du cadét, il a trouvé bon
d'affocier fon frere à la regen-
ce. Monfeigneur le Duc Antoine Ulric & Madame la Ducheffe de Zel eftant icy l'hyver
paffé pour confoler Madame la
Ducheffe de la perte d'un fils
( qui luy a efté tres-fenfible, à
caufe du merite de ce Prince )
voftre dernier écrit eftoit venu
bien à propos, d'autant qu'on
jugea qu'eftant écrit d'une maniere propre à s'emparer de l'efprit, il fervoit doublement ; tant
en chaffant des penfées fafcheu-
fes, qu'en donnant des belles &
importantes. Je fuis avec ardeur,
Monfieur, Voftre, &c.

❂⧉⧉⧉⧉⧉⧉⧉⧉❂

# CONJECTURE
## SUR UN PASSAGE
### DE SAINT AUGUSTIN,
### envoyée à M. de Leibniz.

*Edition de la Congre-gation de S. Maur, page 1375. Ser. 354. C'es-toit le 53. de verbis Domini dans les an-ciennes édi-sions.*

**b** Pene quidem Sacramentum omnes corpus ejus dicunt, quia omnes in pascuis ejus simul pascunt : sed venturus est qui dividat, &c.

*Note.* **b** Fossatensis vetus Codex, *Sacramentum quidem pene omnes gentes dicunt corpus ejus.* sic etiam Floriacensis, omisso tantum vocabulo *gentes.* Ceteri fere MSS. ab editis nil differunt nisi transpositione particulæ, hoc modo, *pene Sacramentum quidem omnes, &c.*

IL paroist par la lecture du passage entier qui est fort brouillé, lé, qu'il y doit avoir quelque chose de corrompu au texte.

Les Prétendus Réformez s'en servent pour montrer que l'Eucharistie n'est le corps du Seigneur que de nom seulement, mais la suite du discours & les paroles qui viennent immediatement aprés le mot *dicunt*, n'ont aucun rapport à ce sens là.

Monsieur de la Milletiere, & autres, parmi les Catholiques, ont tenté des restitutions du texte, sans beaucoup de succés.

Je croirois qu'on en pourroit faire une autre sur laquelle je demande avis, & qui me sembleroit plus heureuse, au moins qui se rapporte beaucoup mieux à la suite du discours. Mais il faut le reprendre de plus haut.

*Quicumque in corpore ejus esse voluerit, non miretur quia odit eum mundus. Corporis autem ejus*

b

*sacramentum multi accipiunt, sed non omnes qui accipiunt sacramentum; habituri sunt apud eum etiam locum promissum membris suis.* PENE QUIDEM SACRAMENTUM OMNES CORPUS EJUS DICUNT, *quia omnes in pascuis ejus simul pascunt, sed venturus est qui dividat, & alios ponat ad dextram, alios ad sinistram, &c.*

Ma restitution pretenduë est celle-cy, *Penes quidem sacramentum omnes corpus ejus dicuntur.*

La corruption estoit aisée de *pene* pour *penes* omettant une *s,* Et quant à *dicuntur* au lieu de *dicunt,* rien n'est plus facile; car la plufpart des impreſſions anciennes mefme mettent *dicunt,* avec une manière d'abreviation aprés le *t,* pour dire *ur;* laquelle abreviation s'obmet tres-facilement.

Cette reſtitution ſuppoſée, le
ſens ſembleroit bien net, & bien
juſte pour la ſuite du diſcours.

Ceux qui ont étudié Saint Auguſtin, ſur les paſſages qui regardent l'Euchariſtie, ſçavent bien
que par tout il conſidere dans le
Saint Sacrement le corps veritable de Noſtre Seigneur & ſon
corps myſtique qui eſt l'Egliſe,
parce que ſon corps veritable,
uni à nos corps, fait de nous tous
en quelque ſorte un ſeul corps
qui eſt celuy qu'on nomme myſtique ; & c'eſt une des clefs pour
toutes les difficultez tres-conſi-
derables qu'on forme ſur ces
paſſages. Le Cardinal du Perron
a traité amplement la matiere,
en ſon livre des lieux de Saint
Auguſtin.

Il parle icy dans ce meſme eſprit, *Penes quidem Sacramentum
omnes corpus ejus dicuntur.*

Quant au Sacrement tous ceux qui y participent (bons ou mauvais) font appellez le corps du Seigneur.

Et la raifon qu'il en rend eft, *quia omnes in pafcuis ejus fimul pafcunt*, ou *pafcuntur*, par la mefme obmiffion de l'abreviation *tз*: parce que tous paiffent en mefme lieu, mangent le mefme corps qui s'unit à nous & nous fait tous un feul corps.

Mais il ne s'enfuit pas que tous ceux qui reçoivent le Sacrement, dit-il, doivent avoir le lieu promis aux membres de fon corps: *venturus eft qui dividat, &c.* Les uns avec ce corps auront receu leur falut, les autres leur condamnation & leur jugement, comme parle l'Apoftre.

Je me confirmerois fort en cette penfée, fi je trouvois dans

Saint Auguftin quelques exemples de cette expreffion *penes
Sacramentum,* c'eft ce qu'il faut
chercher. Je croy en avoir vû
dans Tertullien qui eftoit Afri-
quain.

### Réponfe de M. de Leibniz.

A Prés avoir confideré atten-
tivement le texte de Saint
Auguftin dans le 53. Sermon *de
verbis Domini* , je fuis entierement fatisfait de la correction
de M. Pelliffon que je tiens fort
jufte & fort heureufe. Car ce
Pere aprés avoir dit, que parmi
ceux qui reçoivent le Sacrement
du corps de Jefus-Chrift, il y en
a qui n'auront pas le lieu & le
droit des veritables membres, il
ajoûte; que *quant au Sacrement,
il eft bien vray qu'ils font tous*
( enfemble ) *le corps de Jefus-
Chrift,* eftant tous repus des paf-

b iij

turages ( du corps ) de ce divin
Pasteur ; mais qu'on fera un jour
la separation des bons & des
mauvais ( des membres vifs &
des membres pourris. ) *Penes qui-*
*dem sacramentum* ( id est *secundum*
*sacramentum* ) OMNES CORPUS
EJUS DICUNTUR, *quia omnes*
*in pascuis ejus simul pascunt ; sed*
*venturus est qui dividat, & alios*
*ponat ad dextram alios ad sinistram,*
car la leçon reçûë , *pene quidem*
*sacramentum omnes corpus ejus di-*
*cunt,* n'a point de sens raisonna-
ble.

Il m'estoit venu au commencement un scrupule ; c'est que la
proposition *penes,* d'ordinaire ne
gouverne que l'accusatif d'une
personne, & non pas celuy d'une
chose ; & on dit *culpam, laudem,*
*virtutem, arbitrium , penes ali-*
*quem esse : fides sit penes autorem.*
Ainsi, *penes aliquem esse,* semble

vouloir dire, estre dans le pouvoir, ou droit, ou appartenance
de quelqu'un , comme quelque
chose qui luy est acquise & do-
mestique : d'où viennent peut-
estre aussi, *penitus & penates* ; car
dans tous ces mots la premiere
syllabe est breve. Et bien qu'Ho-
race dise :

> *Si volet vsus*
> *Quem penes, arbitrium est, & vis*
> *& norma loquendi,*

cela n'est pas contraire à la regle, car c'est une prosopopée, où
il fait de l'usage, une personne.
Neanmoins j'ay trouvé qu'il y a
quelques exemples contraires,
où *penes* est attribué non-seulement aux personnes, mais encore aux choses ; tout comme, *jux-
ta, secundum, apud.* L'auteur de
la Rhetorique *ad Herennium* (qui
est ancien, bien qu'il soit incomparablement inferieur à Cice-

ron) dit dans son quatriéme Livre : *ita petulans es atque acer, ut
ne ad solarium idoneus, ut mihi
videtur, sed penes scenam, & in
ejusmodi locis exercitatus sis.* Il
est vray que cecy n'est pas du bel
usage, & l'auteur y dit exprés
avoir voulu apporter un exemple d'un genre de parler bas &
conforme à la façon de parler du
petit peuple. Mais il est constant
aussi que Saint Augustin ( qui
écrivoit assez bien , quand il
vouloit ) s'abaissoit luy - mesme
dans ses Sermons, & s'accom-
modoit un peu au goust & à la
portée de ses auditeurs Afri-
cains, dont le latin estoit sans
doute bien déchû ; de sorte
qu'il ne me reste plus aucune
difficulté sur cette restitution du
texte.

# LETTRE

## DE M. PELLISSON

### A M. DE LEIBNIZ.

A Paris ce 23. Octobre 1691.

JE ne croy pas, Monsieur, vous devoir demander pardon si je répons un peu tard à la derniere lettre que vous m'avez fait l'honneur de m'écrire. Je l'ay fait par discretion, pour ne vous pas engager à un commerce trop frequent. Cette lettre dont je vous parle se trouve sans datte, mais je vous la designeray mieux en vous disant que c'est celle où vous avez eû la bonté de me mander de quel sentiment vous estiez sur l'Eucharistie, & de quel sentiment estoit vostre grande Princesse. Mon inclination,

b v

fi je ne l'euffe retenuë, m'euft
porté à vous en rendre graces
tres-humbles dés le lendemain.
Je crus que je devois differer jufqu'à ce que je puffe vous rendre compte du petit imprimé où
j'ay l'honneur d'eftre avec vous,
& que Madame de Maubuiffon
doit vous avoir envoyé ces jours
paffez. Je commenceray par-là,
Monfieur : ne foyez point en peine du fuccés, car pour ce qui regarde le langage où vous fem-
blez vous défier de vous-mefme, nos meilleurs Ecrivains font
étonnez de vous voir écrire fi
françois ; & pour tout le refte,
hors le fonds de la doctrine,
dont nous fommes bien fafchez
de n'eftre pas d'accord avec
vous, vous aurez vû comment en
parle M. Pirot dans l'approbation qu'il a bien voulu me donner. Mais j'ay crû vous devoir

faire copier ce qu'il m'en écrviit
il y a deux mois, pour moy-mefme plûtoft que pour le public,
où vous trouverez des loüanges
encore plus grandes & moins
fufpectes. J'ajoûte pour finir, que
fi dans cét ouvrage nous ne faifons autre bien ni vous ni moy,
Monfieur, au moins aurons nous
donné un bon exemple, en faifant voir qu'on peut n'eftre pas
de mefme avis fur la Religion, &
s'éclaircir les uns avec les autres
fans rompre les nœuds facrez de
la charité & de l'honnefteté
chrétienne.

Je paffe, Monfieur, à ce que
vous me faites l'honneur de m'é-
crire touchant l'Euchariftie. *O
factum bene*, que vous foyez de
la confeffion d'Aufbourg : Je ne
compte prefque pour rien la difference entre vous & nous, fur
tout, puis que Luther mefme

b vj

vous permet de croire comme nous. Aussi je ne m'arreste point du tout à le combattre dans ce que j'ay entrepris d'écrire sur cette matiere. Je vous diray seulement, Monsieur, ce que je disois au sçavant M. Obrecht de Strasbourg, quand le Roy y fut pour la premiere fois, quelques années avant que cét excellent homme se fust converti, & nous eust découvert l'étude qu'il faisoit en secret sur la Religion. Je vous le diray donc comme à luy, Monsieur, Je suis étonné qu'au temps où nous sommes, la premiere chaleur des disputes estant passée, on puisse estre aussi éclairé que vous l'estes, & aussi instruit de l'antiquité Ecclesiastique, & demeurer Lutherien. Car, à dire la verité, ce que vous nous reprochez dans tous nos autres differends, ne

font qu'exagerations violentes,
ou mauvaifes explications du
dogme Catholique, qui bien entendu n'a rien que de bon & de
conforme à la pratique de tous
les fiecles. C'eft autre chofe
quand il faut ceffer d'eftre Cal-
vinifte, & commencer par croire
un tres-grand miracle, de tous
les jours, qu'on n'avoit point crû,
qu'on avoit mefme efté exhorté
depuis le berceau, à ne jamais
croire. Voilà un terrible abifme
à combler : les forces humaines
n'en font prefque pas capables ;
ou fi l'on en peut venir à bout,
ce n'eft qu'à l'égard de ceux qui
font foutenus des forces divines ;
je veux dire, Monfieur , bien
chrétiens, & tres-bien chrétiens ;
ce que perfonne n'eft prefque
plus qu'à demi, car il n'y a qu'u-
ne vive & tres-vive foy qui faffe
embraffer ce myftere comme une

fuite de tous les autres. Quelle
douleur que noftre admirable
Princeffe ( pardonnez-moy ce
terme de noftre, qui m'eft écha-
pé au lieu de voftre ) quelle douleur qu'une perfonne de ce rang,
& de ce merite ait mieux aimé
fuivre Geneve qu'Aufbourg ?
Geneve, dis-je, qui comme j'efpere de le montrer affez clairement, ne fçait en un mot, ce
qu'elle veut, & ce qu'elle entend
dans ce grand myftere. Je n'ofe
me rien promettre de mon foible
travail, mais ce feroit une grande confolation pour moy fi je
voyois qu'un efprit auffi élevé
que le fien goûtaft un peu ce que
je puis avoir medité de particulier fur une fi importante matiere. Ce qu'il y a de vray, Monfieur,
c'eft que je fouhaite fa conver-
fion & fon falut autant que j'aye
jamais fouhaité chofe du monde.

Je n'oubliray, s'il plaift à Dieu, ni la poffibilité par laquelle je commence l'ouvrage, ni les démonftrations prifes de l'Ecriture Sainte qui font la feconde partie, ni les convictions tirées des Peres qui font la troifiéme à laquelle j'en fuis. Je croy, Monfieur, qu'eftant de mefme avis que moy pour une prefence veritable & réelle, vous pouvez prier avec moy que je ne défende pas mal une fi grande & fi bonne caufe.

J'ay plufieurs amis Cartefiens qui ne laiffent pas d'eftre fort bons Catholiques. Ils s'expliquent à leur maniere, mais il eft vray que l'opinion de leur maiftre n'eft pas commode pour faire entendre cette merveille à ceux qui ne l'entendent pas. J'ay dit neanmoins en quelque endroit que la Philofophie ne peut

jamais eftre effentielle à la Religion ; que toute la fcience humaine pourroit eftre fauffe , & la
Religion demeurer toûjours veritable. Dieu n'a pas eû deffein
de nous enfeigner la Phyfique ni
l'Aftronomie ; il fe fert dans l'E-
criture des expreffions , ou mefme des créances communes, fans
les confacrer pourtant. Que Pto-
lomée, ou Copernic, ou Ticho-
Brahé ayent raifon , il eft toûjours vray qu'à la priere de Jo-
fué, Dieu fit un tres-grand miracle, quand il eft dit que le Soleil s'arrefta en Gabaon. Qu'il
n'y ait, fi on veut, ni fubftance,
ni accidens ; fuppofition, felon
moy, impoffible & chimerique,
toûjours feroit-il vray qu'en
l'Euchariftie, ou de cette forte,
ou de quelque autre, ce qui paroift eftre encore, n'eft plus ; & ce
qui ne paroift pas, commence à

eftre. Cependant la doctrine d'A-
riftote explique plus nettement
qu'aucune autre cette merveille;
& c'eft pour cela qu'il s'en faut
fervir : car ne s'agiffant, en cette
partie de la difpute, que de poffibilité, ou d'impoffibilité, on feroit ridicule de traiter d'impoffible ce qui s'accorderoit avec les
principes d'une Philofophie
commune & reçûë par toute la
terre, quand mefme elle ne feroit
pas la plus veritable.

Mais, Monfieur, je vais trop
loin avec vous, par l'envie que
j'aurois de vous découvrir tout
mon cœur dans une feule lettre.
Il faut cependant vous dire encore, que ma vie ayant efté toûjours fort occupée, hors quatre
ans & quatre mois de Baftille,
& de loifir forcé, j'ay donné peu
de temps aux fciences purement
fpeculatives. Je les regardois

comme la premiere de nos cu-
riofitez, & les fciences qu'on
nomme *practiques*, comme la
premiere de nos affaires. D'ailleurs, je n'ay jamais pu me tirer
de l'efprit que tout le fçavoir des
Phyficiens eft purement hiftori-
que; c'eft-à-dire, qu'ils fçavent
ce que chacun a crû & par quel-
les raifons il l'a crû, mais non pas
ce qu'il faut croire. Or fi quelque chofe eft capable de relaf-
cher l'attention, & l'application
en des matieres difficiles, c'eft
de s'imaginer qu'aprés beaucoup
de travail, on attrapera tout au
plus la vrayfemblance & non
pas la verité. Ajoûtez-y, fans
que pour tout cela, comme dit
Ariftote en quelque endroit,
l'homme en devienne ni meilleur ni plus mauvais. Je ne le dis
pas non plus que luy, pour méprifer ces beaux & riches talens

en ceux qui les ont, mais pour m'excuſer, ſi connoiſſant ma foibleſſe, je n'ay pas eû le courage d'y aſpirer. J'ay eſté élevé dans la Philoſophie d'Ariſtote avec une grande veneration pour luy, mais cette veneration s'eſt bien augmentée, quand m'eſtant remis au Grec, dans ces années de ſolitude, je l'ay lû en luy-meſme, où je l'ay trouvé d'une élegance infinie & ſans comparaiſon plus clair que tous ſes commentateurs. Je ne connois point de genie plus étendu ni plus élevé que le ſien. J'admire auſſi celuy de Deſcartes : nos plus grands Geometres, les Fermats & les Robervals, mes maiſtres & mes amis, le tenoient pour l'un des premiers Geometres du monde. Ses penſées en Metaphyſique ſont ſublimes, & s'accordent, dignement, aux plus hautes veritez

de la Religion chrétienne. Sa
methode si bien écrite, dont
j'ay esté amoureux en mon enfance, me semble encore aujourd'huy un chef-d'œuvre de
jugement & de bon sens. Où
trouveroit-on plus d'esprit &
plus d'invention, qu'en tout ce
qu'il a imaginé sur ce beau, mais
difficile probleme du monde,
que Dieu a exposé à nos yeux &
abandonné à nos disputes? J'adjoûte aux loüanges de ce grand
Philosophe, comme j'ay fait ailleurs, qu'en vray honneste homme, tel qu'il l'estoit en effet, il
nous a donné tout son systeme
pour possible seulement, & non
pas pour necessaire, comme le
veulent ses plus passionnez secta-
teurs. Mais il s'en faut beaucoup
que je n'aille aussi loin qu'eux
& plus loin que luy. Au contraire, soit que je ne l'aye pas

affez étudié ou autrement, j'a-
voüë, tout incapable que je me
tiens de rien decider, qu'il y a
quelques-unes de fes nouvelles
penfées, pour lefquelles je me
fens une extréme repugnance,
foit aveugle, foit bien fondée.
Entre celles-là eft cette mefme
& égale quantité de mouvement dont vous parlez, qui ne
s'accorde, ce me femble, en façon du monde à nos idées naturelles ; au lieu que la mefme
quantité de force ou de vertu,
ou de puiffance que vous voulez
mettre en la place, fe perfuade
prefque d'elle-mefme, & s'établit dans l'efprit, fans qu'on luy
demande pourquoy. Noftre imagination eft accoûtumée à concevoir l'eftre, dans les chofes mefme les plus infenfibles, avec je
ne fçay quoy qui le foutient, qui
le défend, & qui luy donne une

puiſſante inclination à s'étendre ; comme on voit clairement
qu'une goute d'eau, ſi elle pouvoit, innonderoit toute la terre,
& que la moindre étincelle de
feu, ſi elle ne trouvoit point
d'obſtacle, embraſeroit tout l'U-
nivers. Ainſi, Monſieur, je ne
puis que loüer voſtre penſée. Ce
pourroit bien eſtre auſſi, comme
vous le dites, la fameuſe ἐντελέχεια
d'Ariſtote, mais je ne me ſouviens pas bien, s'il l'applique à
autre choſe qu'aux corps orga-
niques capables d'avoir la vie, &
n'attendant plus que ce je ne
ſçay quoy, qui eſt tout enſemble
leur derniere perfection & leur
premier eſtre actuel ou leur premier acte. Je me perſuade au
contraire, que voſtre force ou
vertu s'étend à tous les corps generalement ; de ſorte que, ſi je
vous entends bien, Monſieur,

lors qu'une groſſe pierre, nous paroiſt ſans force, ſans action, & comme toute morte ſur le globe terreſtre qui eſt plus fort qu'elle, il ne faut pas croire que ce ſoit faute de bonne volonté. Car ſi vous l'élevez en l'air, & qu'in-continent aprés vous luy rendiez ſa liberté naturelle, le feu luy-meſme n'auroit pas plus d'action, plus de force, & plus de vigueur qu'elle en aura: la foudre ne bri-ſeroit pas avec plus de violence qu'elle le fera, les porcelaines, le verre, & tous les autres corps fragiles qui s'oppoſeront à ſon paſſage.

Mais j'en parle comme un a-veugle des couleurs, n'y ayant jamais fait de reflexion que dans la lecture de voſtre lettre, & quelque temps auparavant dans la lecture du Journal des Sça-vans, où je fus fort aiſe de vous trouver, & que nos gens fuſſent un peu inſtruits de voſtre merite. Quoy qu'il en ſoit, Monſieur, ni l'une ni l'autre de ces lectures ne font que me faire ſouhaiter davantage voſtre Traité de la Dunamique, ou Dynamique, & je vous exhorte de tout mon cœur à n'en point abandonner le deſſein, la matiere eſtant tres-belle, tres-nouvelle & tres-curieuſe, capable de vous acquerir bien de l'honneur, & meſme de rendre un bon ſervice tant à la Philoſophie qu'à la Religion, ſuivant que vous le prenez.

J'ay encore, Monſieur, nonobſtant la longueur de cette lettre, à vous rendre mille & mille graces tres-humbles de voſtre avis ſur le paſſage de Saint Auguſtin. Je compte voſtre ſuffrage pour beaucoup en faveur de ma conjecture, & l'exemple que vous me

me fourniſſez tiré de la Rhetorique *ad Herennium*, eſt une autorité conſiderable. Vous avez
perſuadé M. l'Abbé Pirot là-
deſſus, comme vous le verrez
par ſa lettre, & M. de Meaux
m'a écrit auſſi qu'il entroit dans
voſtre ſentiment.

Mais que vous dire enfin,
Monſieur, ſur les bons offices
que vous me rendez de tous cô-
tez. Perſonne n'ignore le grand
merite de Madame la Ducheſſe
de Zell, ni du Prince Antoine
Ulrik : c'eſt un honneur & un
avantage au-deſſus de moy que
d'en eſtre connu : mais c'eſt à
vous à voir, Monſieur, ſi vous
ne leur avez point donné une
trop bonne & trop favorable
opinion de ces pauvres petits
ouvrages. Vous les trouveriez,
Monſieur, plus dignes, non pas
de loûange mais d'excuſe, ſi vous

C

sçaviez quels bouts de temps j'y
employe, & à combien d'autres
choses je suis obligé de me par-
tager, qui ne me permettent
pas d'estre mediocre en chacune.
L'Euphrate luy-mesme s'il estoit
divisé en cent ruisseaux, comme
on dit qu'il le fut autrefois, se
laisseroit passer à pied sec. Je ne
laisseray pas de continuer, s'il
plaist à Dieu, tant que je vivray,
mes foibles efforts pour la Religion; afin que quand il plaira au
maistre de m'appeller, il me trouve non-seulement éveillé, mais
occupé à quelque chose qui le
regarde, & ne regarde que luy.
Vous, Monsieur, à qui il a donné de plus grands talens, tâchez
de luy en rendre compte, & soyez
persuadé que personne ne vous
fait plus de justice que moy, ni
n'est davantage, Vostre, &c.

⸙⸙⸙⸙⸙⸙⸙⸙⸙⸙⸙

# EXTRAIT D'UNE LETTRE

## DE M. L'ABBE' PIROT

### A M. PELLISSON.

du 24. Aouſt 1691. dont il eſt parlé
dans la Lettre précedente.

Mais au lieu de m'en accuſer comme d'une faute telle
qu'elle eſt , je m'en remercie-
rois ſi je ſçavois qu'elle m'euſt
attiré la communication de ce
que vous me faites aujourd'huy
l'honneur de m'envoyer. J'aime
mieux preſumer de la bonté que
vous avez pour moy , & croire
que quand vous n'auriez pas eû
occaſion de me faire ſouvenir
de mon devoir & d'exciter ma
lenteur, vous auriez bien voulu
me donner un des grands plai-
ſirs que j'aye eû il y a long-temps.

De bonne foy , je fuis charmé
de noftre Mr. de Leibniz, je vis
bien du brillant dans fes premie-
res notes , & il me parut enfuite
bel efprit, efprit fort , & d'un
raifonnement fin, profond , fui-
vi , mais je ne le croyois pas fi
folide : la lettre dont vous me
faites l'honneur de m'envoyer
copie & la critique de la réfti-
tution heureufe que vous avez
imaginée du Sermon de Saint
Auguftin , marquent un grand
fens , une érudition exacte , & un
gouft exquis en toutes chofes.
J'ay efté ravi de voir tant de Religion dans des meditations de
Phyfique; cela marque de bonnes intentions , des veûës pures,
& un cœur droit. S'il m'eft permis de dire mon fentiment de
fes idées fur l'étenduë , elles me
paroiffent juftes, & je fuis tout
de fon avis ; foit à prendre la na-

ture dans fon fonds , foit à y
faire entrer nos myfteres , dont
la foy doit nous guider pour y
trouver la droite raifon. Je crois
que les chofes font ainfi qu'il les
conçoit , & je trouverois comme luy de l'impoffibilité à con-
cilier les principes de M. Defcartes avec la prefence réelle de
Jefus-Chrift au Saint Sacrement.
Ce ne fera peut-eftre pas là l'o-
pinion de tout le monde , mais
ç'auroit efté celle de Saint Thomas , & c'eft encore celle de l'é-
cole. Depuis peu le Roy a fait
dire par M. l'Archevefque à trois
Profeffeurs de Paris qui paroif-
foient donner un peu dans le
fyfteme de Defcartes, de fe conformer à la Philofophie d'Ariftote, comme les cenfures de l'U-
niverfité & les Arrefts du Parle-
ment les y obligeoient. J'aurois
curiofité de voir ce qu'il a fait

fur cette matiere. M. Couſin n'a
pas encore, que je ſçache, rien
mis de cela dans le Journal François, & je n'ay pas vû ce que la
Republique des Lettres a marqué de ſa conteſtation avec le
P. Malebranche. Je ſouhaite paſſionnément qu'il imprime bien-
toſt ce qu'il marque en projet : je
voudrois voir le dechifrement de
l'indechifrable ἐντελέχειαν πρώτη
de ſa façon. Ses obſervations ſur
la correction de Saint Auguſtin
ſont admirables ; & à tout prendre, je le tiens un des hommes
du monde les plus eſtimables
& les plus aimables : je ne connois ni plus de merite ni plus
d'honneſteté que ce qui m'en
paroiſt dans ſes écrits. Vous avez
donné lieu à tout cela : l'agrée-
ment qu'on trouve en ce que
vous faites eſt ſi engageant qu'on
ne s'en peut défendre ; vos pen-

fées font si raisonnables , vos
conjectures si bien fondées, qu'il
faut entrer dans voftre fens &
fe rendre à vos lumieres. Vous
pouvez prefentement, quelque
défiance que voftre modeftie
vous faffe avoir de vous-mefme,
avancer feurement ce que vous
avez remarqué du Sermon de
Saint Auguftin. Ce que vous me
fiftes l'honneur de m'en dire d'a-
bord me gagna , mais un fuffrage auffi foible n'eft garend de
rien ; l'approbation de M. de
Leibniz autorifée comme il vous
l'envoye, eft au-deffus de tout :
il n'y auroit qu'à fouhaiter qu'il
fuft d'entre-nous, *utinam ex nof-
tris effes.* Mais j'efpere que cela
fera un jour. Je le regarde comme une de ces oüailles deftinées
à entrer dans la bergerie , quoy
qu'elles n'y foient pas encore.
Si ceux qui nous quittent n'ef-

toient pas des noftres, quoy qu'ils
paruffent entre nous, ceux qui
n'en font pas, & qui en feront
un jour, peuvent eftre regardez
comme en eftant déja. Mais il
n'y a que Dieu qui fçache ce
fecret : comme il n'y a que luy
qui touche les cœurs, il n'y a
que luy qui les fonde. Je le prie-
ray qu'il agiffe fi puiffamment
fur luy, qu'il le mette dans fon
Eglife.

# LETTRE
## DE M. DE LEIBNIZ
### A M. PELLISSON.

A Hanover ce 19. Novembre 1691.

MONSIEUR,

Quoy que je ne sçache que trop, combien il est difficile qu'un Etranger se puisse expliquer comme il faut dans une langue qu'on a portée à un aussi haut point de perfection que la vostre ; je ne laisse pas de me reposer sur vostre parole, parce que je sçay que la bonté qu'on a

C v

en France pour les Etrangers &
la protection que vous avez donnée à mon écrit , le feront toûjours croire paffable. C'eft fur
ce fondement & fur celuy de
voftre bonté déja reconnuë, que
j'ay pris la liberté de vous écrire
fur les fautes d'impreffion à corriger dans la feconde édition que
vous allez faire. J'ajoûte icy qu'il
auroit efté peut - eftre à fouhaiter, qu'on y vift encore certaines
objections que j'avois faites par
des lettres fuivantes qui n'ont
pas efté mifes au jour , fans doute
parce qu'elles contenoient quantité d'autres chofes hors du fujet , quoy qu'il y en euft qui pa-
roiffoient effentielles. Vous aviez
dit, Monfieur , qu'on ne pouvoit
tenir pour heretiques materiels,
ou en apparence feulement, que
ceux qui ignorent invincible-
ment la decifion de l'Eglife , &

que l'autorité d'excommunier
que j'accordois à l'Eglise, se ré-
duisoit à rien par la limitation
de *clave non errante*, ce qui seroit dire, *vous jugerez bien quand
vous jugerez bien.* A ces deux
points j'avois repliqué pour ma
justification & pour celle des Protestans, que suivant cette defi-
nition des heretiques veritables,
on n'y sçauroit comprendre les
Protestans qui ne croyent pas
(aprés un examen convenable)
que les decisions contraires à
leurs sentimens ayent esté faites
par des Conciles Oecumeniques;
que les superieurs Ecclesiastiques
sont faillibles dans leurs sentences ou excommunications, mais
que cela n'est pas contraire à
l'infaillibilité de l'Eglise univer-
selle à l'égard des dogmes; &
que le pouvoir des superieurs
n'est point éludé par ma limita-

tion, dont en effet perfonne ne fçauroit difconvenir. Car ils ont toûjours la prefomption pour eux, en forte qu'on eft obligé d'obéïr en tout ce qui ne paroift pas contraire au commandement de Dieu, & c'eft déja beaucoup ou plûtoft c'eft tout. Je ne dis pas cecy pour recommencer la difpute, je n'ay garde; mais feulement pour vous laifler juger, Monfieur, fi on en pourroit toucher quelque chofe dans la feconde édition; afin qu'on ne laifle rien d'imparfait.

*On a crû fatisfaire à ce que M. de Leibniz defiroit en publiant cette lettre.*

On prepare icy un Opera Italien; quand tout fera preft nous verrons icy les Cours de Zell & de Wolffenbuttel. Je ne doute point que Monfeigneur le Duc Antoine Ulric (car depuis qu'il eft Regent, nous ne l'appellons plus Prince) aufli-bien que Madame la Duchefle de Zell, n'ap-

prennent alors avec une satisfaction extraordinaire les expreffions favorables dont vous vous
fervez à leur égard.

Celles de M. l'Abbé Pirot le
font trop pour moy ; mais c'eft
la bonté de vous autres Meffieurs , d'eftimer dans un Etranger ce qui ne pafferoit que pour
fort mediocre parmi vous. Aprés
ce que vous me dites du merite
extraordinaire de cét habile Docteur de Sorbonne , je tiens à
bonheur d'en avoir acquis la
connoiffance. Il me femble que
M. Ludolphi , un des plus fçavans hommes que nous ayions
en Allemagne , me l'a nommé
autrefois aprés fon retour de
France , comme une perfonne
qu'il eftimoit beaucoup. Je fuis
bien-aife que vous ayez goufté
auffi-bien que luy ce que j'avois
dit de la matiere , de l'étenduë

& de la force. J'ay eû là-deſſus
un petit procés avec un ſçavant
Carteſien, nommé M. l'Abbé
de Catelan; où le R. P. de Malebranche eſtoit un peu meſlé.
Mais au bout du compte, il ſe
trouva que M. l'Abbé n'avoit
pas encore pris mon ſens, où
m'avoit donné le change pour
ne pas répondre à ce qu'il y
avoit d'eſſentiel. Je vous envoyeray la copie des pieces de ce
procés qui eſt de conſequence.
Car il s'enſuit que la meſme
quantité de mouvement ne ſe
conſerve pas, & qu'elle eſt differente de la quantité de la force qui ſe doit conſerver. J'y
avois meſlé auſſi un petit échan-
tillon, comment la conſidera-
tion de la ſageſſe divine eſt utile
pour des découvertes importantes qu'on peut faire en Phyſique. Et de plus, il s'enſuit qu'il

y a dans les corps quelque autre chofe que l'étenduë , ou que
grandeur , figure & mouvement.
C'eſt pourquoy je ſouhaiterois
que ce procés fuſt examiné par
quelques habiles Geometres ;
peut - eſtre l'entremiſe de M.
l'Abbé Pirot pourroit en donner
l'occaſion. Il eſt ſeûr qu'Ariſtote eſtoit incomparablement plus
habile que pluſieurs ne penſent.
Je vois que beaucoup de jeunes
gens courent aprés la matiere
ſubtile , & les petits globes de
Deſcartes, pour avoir de quoy
parler & pour ſe donner le droit
de mépriſer les anciens , & de
negliger l'érudition , qu'il faudroit pourtant puiſer dans les
ſources. M. l'Eveſque d'Avran-
ches a dit agreablement de ces
Meſſieurs *ignorantia inflat*. J'eſti-
me Deſcartes infiniment ; il
eſtoit tres-ſçavant, & avoit plus

lû que ſes ſectateurs ne s'imaginent. On peut dire qu'il eſt un
de ceux qui ont le plus ajoûté
aux découvertes de leurs prede-
ceſſeurs. Mais ceux qui ſe con-
tentent de luy ſe trompent fort.
Cela eſt vray juſques dans la
Geometrie meſme, où M. Deſcartes tout grand Geometre qu'il
eſtoit, n'eſtoit pas allé ſi loin que
pluſieurs ſe perſuadent : ſa Geometrie eſt bornée. J'ay donné
quelques échantillons dans les
*Acta eruditorum* de Leipſic, qui
le font voir. Il a eû l'adreſſe de
donner excluſion aux problemes
& figures qui ne peuvent point
s'aſſujettir à ſon calcul : & cependant ce ſont ſouvent les plus
importans & les plus utiles, &
ſur tout qui ont le plus d'uſage
en Phyſique. Il faut une nouvelle eſpece d'Analyſe pour cela
dont j'ay donné des eſſais qui

ont esté applaudis en Angleterre
& ailleurs. Un sçavant Profes-
seur de Basle les ayant étudiez
& compris, me pria de dire si je
ne pourrois pas par cette voye
résoudre un certain probleme
proposé par Galilei qui estoit demeuré sans solution. J'y reussis
d'abord : & comme j'avois il y
a cinq ou six mois quelque commerce de lettres avec M. de la
Roque, fils d'un sçavant Ministre & tres-sçavant luy-mesme
sur certains points d'histoire, je
joignis cette solution à ma derniere, pour estre mise dans le
Journal des Sçavans, si on le
trouvoit à propos. Mais par un
malentendu ma lettre avoit esté
portée à un autre M. de la Roque. Je l'appris de M. de la Lou-
bere qui me l'a mandé dernierement. M. Thevenot l'a fait dire
au veritable M. de la Roque, à

ce que M. Brosseau me manda, mais comme l'autre est mort depuis, j'ay peur que la lettre avec ce qui estoit joint n'ait esté perduë. Mais pourquoy vous importuner de ces bagatelles? si ce n'est peut-estre pour dire que ce n'est pas legerement, ni sans quelque connoissance de cause, que je juge du Cartesianisme, comme je fais.

Il y a quelques années que j'échangeay trois ou quatre lettres avec M. * * au sujet de mes sentimens touchant la nature de la substance corporelle, differente de l'étenduë. Ce fut par l'entremise de M. le Landgrave Ernest, qui luy avoit communiqué quelque chose de mes meditations. Elles luy avoient paru étranges d'abord; mais aprés avoir vû mes explications, il commença à en juger

tout autrement. Je luy donnay
des éclairciffemens fur quelques
doutes. Il eft vray qu'il ne voulut rien decider, ayant toûjours
efté pour Defcartes depuis long-
temps. Il femble que chez Ariftote l'Entelechie en general eft
une realité pofitive, ou l'actuali-
té oppofée à la poffibilité nuë
ou à la capacité; c'eft pourquoy
il l'attribuë aux actions ( comme font le mouvement & la
contemplation ) aux qualitez ou
formes accidentelles ( comme la
fcience, la vertu ) aux formes des
fubftances corporelles, & particulierement aux ames, qu'il confidere comme les formes des
fubftances vivantes. Mais il ne
donne pas le moyen de rendre
ces chofes affez intelligibles. Il
l'avoûë luy-mefme , quand il
parle de l'ame , qu'il n'en donne qu'une defcription legere, &

*Vn peu a-*
*prés fa défi-*
*nition.*

qu'il y a des degrez dans les defi-
nitions ; ce qu'il explique tres-
bien par l'exemple du tetrago-
nifme d'un parellelogramme, qui
pourra eftre expliqué legerement, en difant que ce n'eft autre chofe que l'invention d'un
quarré égal à un parallelogram-
me ; mais il peut auffi eftre expliqué plus à fonds, en difant que
c'eft l'invention d'une moyenne
proportionnelle entre la bafe &
la hauteur qui eft le cofté de ce
quarré. Or de toutes les notions
differentes de l'étenduë & defes
modifications, je trouve celle de
la force, la plus intelligible & la
plus propre à expliquer la nature du corps. Il femble que la
fubftance corporelle a deux forces, fçavoir la force paffive, c'eft-
à-dire, la refiftance à l'égard de
fa matiere, qui eft commune à
tous ( car l'impenetrabilité n'eft

autre chofe que la refiftance generale de la matiere ) & puis la
force active à l'égard de fa forme fpecifique qui eft variable
felon les efpeces. Car il faut
fçavoir que tout corps fait effort
d'agir au dehors ; & agiroit no-
tablement, fi les efforts contraires des ambians ne l'en empef-
choient. C'eft ce que nos Modernes n'ont pas affez conçû.
Ils s'imaginent qu'un corps pourroit eftre dans un parfait repos
fans aucun effort, faute d'avoir
entendu ce que c'eft que la fubftance corporelle ; car à mon avis
( au moins naturellement ) la
fubftance ne fçauroit eftre fans
action, ce qui détruit encore
l'inaction que les Sociniens at-
tribuënt aux ames feparées. C'eft
par ce moyen qu'on connoift la
diftinction de la fubftance du
corps d'avec fon étenduë ; & que

rien n'empéfche que la fubftance d'un mefme corps ne puiffe
eftre appliquée à plufieurs lieux.
Mais fi la fubftance du corps
n'eftoit autre chofe que l'étenduë avec fes modifications ou
figures, il femble qu'il y auroit
autant de corps qu'il y a de
lieux ou d'étenduës qu'il occu-
pe. Cependant, je n'ay garde
d'accufer Meffieurs les Cartefiens
d'eftre contraires à ce qui eft de
foy, & je loûë les efforrs qu'ils
font pour fe fauver de cette difficulté ; mais comme on y trouve
beaucoup de peine, j'aime mieux
me tenir à la voye la plus feure,
d'autant que je la trouve la plus
raifonnable d'ailleurs. Je croy
auffi que plufieurs habiles Modernes ont quitté les principes
de leurs predeceffeurs, parce que
perfonne ne les a expliquéz d'u-
ne maniere affez intelligible fe-

lon leur portée, & que ceux qui
ont combattu pour la verité, ordinairement l'ont mal défenduë,
en niant ce qu'ils ne devoient
pas nier, sçavoir que tout se fait
mechaniquement, car par-là ils
s'exposent au mépris, comme
s'ils vouloient rendre raison des
particularitez de la nature par
des notions generales & vagues,
par des formes, qualitez, facultez, sympathies, &c. Mais comme dans le corps humain la connoissance de l'ame ne nous dis-
pense pas d'entrer dans le détail
des parties de nostre corps propres à expliquer distinctement
nos fonctions, il en est ainsi à
proportion dans toute la nature ;
& quoy que tout se fasse mechaniquement, cela ne doit pas
nous allarmer, parce que les
principes mesmes de la mechani-
que, ( c'est-à-dire, les loix que la

nature obferve à l'égard du mouvement ) ne fçauroient eftre expliquées par les feuls principes
de la fcience de l'étenduë ( c'eft-
à-dire, de la Geometrie ) & j'ay
démontré qu'il y faut recourir
à une caufe fuperieure pour en
rendre raifon. Mais je m'enfon-
ce trop icy dans des matieres
qui ne font pas du gouft general, ni fort propres à des lettres.
Cependant l'occafion & le fujet important que vous traitez,
Monfieur, joint à la bonté que
vous avez eû de donner voftre
approbation à ce que j'en avois
écrit auparavant, m'y ont con-
vié pour vous en donner une
idée plus diftincte auffi - bien
qu'à M. l'Abbé Pirot. Auffi
m'arrive-t-il bien rarement de
pouvoir me donner carriere fur
ces matieres. Les droits de la
Sereniffime Maifon de Bronfvic,
qui

qui m'obligent à faire des recherches d'hiftoire & à éplu-
cher des vieux titres, eftant une
occupation qui m'eft ordinaire.
Auffi la Jurifprudence & l'Hiftoire m'ont occupé dés ma jeu-
neffe, & ce fut déja à l'âge de
vingt-quatre ans que je fus Af-
feffeur ou Confeiller d'une Cour
Souveraine de Juftice chez un
Electeur Ecclefiaftique, car les
Electeurs ont le privilege *de non*
*appellando* : mais aprés la mort
de ce Prince, la Cour ayant changé de face, je me mis à voya-
ger, & le féjour de France qui
fut de quelques années, me donna le loifir d'approfondir davantage les matieres Mathema-
tiques & Phyfiques. Et comme
j'eûs le bonheur d'y rencontrer
de nouvelles ouvertures, cela
m'invita d'y penfer davantage,
auffi-bien que les exhortations

d

des amis curieux, car la focieté
Royale d'Angleterre me donna
une place, & on m'en voulut
donner dans voftre Academie
Royale des Sciences fi j'eftois
refté à Paris. Icy, fi je penfe à
ces chofes, c'eft comme à la dé-
robée. On n'en fçauroit quafi
parler avec perfonne. Je ne fçay,
Monfieur, fi vous avez trouvé le
livre *de Jure fuprematus & lega-*
*tionis principum Germaniæ*, dont
je vous avois parlé. Il fut fait &
imprimé en Hollande du temps
des Traitez de Nimegue, & ré-
imprimé d'abord en Allemagne
jufqu'à quatre fois: en tout cas,
à la premiere occafion je vous
en envoyeray un exemplaire. Je
fuis avec beaucoup de zele & de
reconnoiffance, Monfieur, Voftre, &c.

❧❧❧❧❧❧❧❧❧❧

# EXTRAIT

## D'UNE LETTRE

## DE M. PELLISSON

### A M. BOISOT,

Abbé de St Vincent de Besançon.

*Du 29. Décembre 1691.*

LE plus joly billet qu'on puisse écrire, Monsieur, je viens de le voir entre les mains d'une de nos Amies. Mais il est si flateur pour moy, qu'il en devient injurieux, & presque satyrique. Si je voulois me venger je n'aurois qu'à le faire imprimer. On verroit bien que vous ne devez rien envier à personne, & que c'est à nous bien plûtost à quereller un Franc-Comtois qui vient disputer la politesse & la pureté

d ij

à toute l'Académie Françoise.

Parlant plus férieufement, Monfieur, je n'attendois pas de vous de nouvelles loûanges, mais des avis pour ma feconde édition qui eft commencée & avancée. N'oubliez pas au moins de fouiller dans voftre trefor de Granvelle, comme je vous en ay prié, pour mettre à part tout ce qui regardera la Religion prés ou loin, & dont vous croirez qu'on pourra faire quelque ufage.

*Tous les papiers & memoires du Cardinal de Granvelle, qui font entre fes mains; où il y a un grand nombre de pieces originales & curieufes.*

Je doy vous remercier encore une fois de m'avoir fait penfer au Bref de Pie I V. Tout ce que je vous en ay mandé eft veritable, c'eft-à-dire qu'il en eft parlé en plufieurs Hiftoriens, & particulierement dans Raynauld en fa Continuation de Baronius, année 1564. mais la teneur du Bref ne fe trouve qu'en des livres, qu'on ne trouve prefque

*Odoricus Raynaldus, dernier volume pofthume imprimé à Rome 1677.*

pas, comme en celuy de Calix-
te Theologien Allemand qui eſt
tres-rare, & que j'ay fait chercher inutilement tous ces jours
paſſez. Ce ſt pourquoy, Monſieur, ſi la copie que vous m'of-
frez de ce Bref tirée des papiers du Cardinal de Granvelle
arrive bien-toſt, je pourray l'adjoûter à cette ſeconde édition;
car c'eſt une preuve de ce que
j'ay dit, qu'il ne ſeroit pas difficile aux Princes Proteſtans
d'Allemagne d'obtenir pour
eux, & pour leurs Etats, la Communion ſous les deux eſpeces, en
la demandant avec les conditions neceſſaires. Je pourray y
adjoûter un grand Extrait de ce
meſme Raynauld où il y a d'autres pieces originales ſur cette
matiere, encore que le Bref n'y
ſoit pas: & par-là on pourra voir
en un ſeul endroit toute l'hiſtoire

de cette permiffion. Il n'y manqueroit rien fi vous pouviez
trouver encore dans vos papiers
les deux Brefs de Pie V. & de
Gregoire XIII. qui la revoquerent. Le mefme Raynauld en
parle, mais il ne les rapporte pas.
J'attendray de vos nouvelles.
Sur toures chofes aimez-moy
toûjours, Monfieur, comme fi
j'avois tout le merite que vous
voulez me donner, &c.

# EXTRAIT
## D'UNE LETTRE
## DE M. BOISOT,
Abbé de St Vincent de Befançon,
à M. Pelliffon.

*Du 7. Janvier 1692.*

JE vous rends mille tres-humbles graces, Monfieur, de la
Lettre du Roy à Monfieur le
Cardinal de Janfon Forbin. Elle
me fait tant d'honneur qu'il
m'eft prefque fâcheux de n'en
avoir plus befoin , mes Bulles
ayant efté à la fin accordées aux
mefmes follicitations où vous
avez eû tant de part. Je n'ofe rien
dire du Memoire qui devoit ac-
compagner la lettre du Roy, &
qui a paffé devant les yeux de Sa
Majefté : on n'y connoift que

d iiij

trop voſtre main également déli-
cate & bienfaiſante. Je mérite
auſſi peu les termes où vous parlez de moy, qu'une querelle avec
l'Academie Françoiſe, qui ſera
ſans doute plus traitable que
vous & ne vous en croira pas;
mais je ſens juſqu'au fond du
cœur toutes les obligations que
je vous ay, & ne ſuis pas capable de les oublier de ma vie.

Je vous envoye la copie du
Bref de Pie IV. pour la communion ſous les deux eſpeces.
J'ay marqué le volume de mes
Memoires, & la page d'où cette
copie a eſté tirée. On ne ſçauroit apporter trop d'exactitude
en matiere de faits. Je marqueray ſelon vos ordres, Monſieur,
tout ce que je trouveray dans
ces Memoires qui aura quelque
rapport à la Religion, de prés
ou de loin, comme vous le di-

tes. Il s'y trouvera peut-estre
peu de chose; mais je m'assu-
re que ce qu'il y aura sera ra-
re & singulier. Je n'ay presque
fait jusqu'à present que ranger
tant de Lettres selon l'ordre des
temps , & le travail n'a pas
esté moindre que de débrouïl-
ler le chaos. Tout estoit en con-
fusion. Les Lettres qui contenoient plusieurs feüillets , pour
ainsi dire démembrées , & les
autres pesle mesle , il a falu les
faire relier en ma presence pour
les fixer une bonne fois. Je commence seulement à joüir du fruit
de mes peines , & je ne sçay encore qu'en gros, qu'il y a une
relation signée du voyage de
Pierre Cordier en Dannemark ,
& en Suede pour inviter les Rois
du Septentrion d'envoyer leurs
Prelats au pretendu Concile de
Pise, sous Jule II. plusieurs re-

d v

montrances, déliberations & declarations touchant l'acceptation du Concile de Trente en Flandres, & des lettres fort curieuses sur les propositions avancées par Michel Baïus, & la maniere dont on s'y prit pour les luy faire retracter. Je ne doute point qu'il ne s'y rencontre d'autres affaires de mesme nature. Je prendray soin de les remarquer, & j'auray l'honneur de vous en rendre compte, pour sçavoir ce qu'il vous plaira que je vous envoye, &c.

❦❦❦❦❦❦❦❦❦❦

## COPIE DU BREF DU PAPE
*Pie IV. pour la Communion sous les deux especes, tirée du 13. vol. des Memoires de Granvelle, pag. 127.*

VENERABILIS FRATER, Salutem & Apostolicam benedictionem. Cum Sacrosancta Tridentina Synodus in sessione de sacrificio Missæ habitâ, referendum ad nos esse decreverit negotium alias in eadem Synodo propositum, de usu sacri calicis alicujus nationis vel regni populis concedendo, ut id nos consilium caperemus, quod animabus ipsum calicem petentium salutare futurum esse judicaremus, peracto Consilio, charissimus in Christo filius noster Ferdinandus Romanorum Imperator electus, insigni, & perpe-

d vj

tuo suo pietatis zelo adductus, re
priùs, sicut ad nos scripsit, com-
municatâ cum nonnullis præci-
puis Sacri Romani Imperii Præ-
latis ac Principibus Ecclesiasti-
cis, & dilecto filio nobili viro
Alberto Bavariæ Duce, genero
suo, per litteras & per Oratorem suum diligentissime nobis
exposuit ingens evidensque pe-
riculum, quod in provinciis in-
clitæ nationis Germanicæ, &
aliis regnis & dominiis suis, im-
minet Religioni Catholicæ, ne
ibi penitus extingueretur, pro-
pterea quod illæ Catholicorum
reliquiæ tanto desiderio commu-
nicandi sub utraque specie te-
neantur, ut non pauci jam ad hæ-
reticos sese ob eam ipsam cau-
sam contulerint, à quibus Catholicæ fidei veritatem abjurare
coacti sunt, & de cæteris, nisi
calicis usus ipsis concedatur, ma-

gnopere ne idem faciant, atque
ita omnes ab Ecclesia recedant,
verendum sit. Itaque vehemen-
ter nos oravit, obsecravit, & ins-
titit, suo, & ipsius Ducis Bavariæ nomine, ut tot Germanicæ
nationis, & regnorum ac provin-
ciarum suarum populis opitula-
ri, pro concessa nobis à Domino
potestate vellemus; qua eadem
de re, idem Bavariæ Dux, prin-
ceps, non genere magis quàm
pietate insignis ac nobilis, per
Oratorem ipse quoque & per
literas diligentissime nobiscum
egit; multique præterea doctrina,
religione, prudentiaque præstan-
tes viri nos hortati sunt. Com-
mota fuerunt perinde ac debue-
runt viscera nostra dolore quo-
dam intimo, postquam de tot
animarum jactura, pro quibus
Christus Dominus noster precio-
sissimum suum sanguinem in ara

crucis effudit, & de tanto ac tam
manifesto difcrimine, quod Catholicorum reliquiis, in illa no-
biliffima natione, & dictis regnis
ac dominiis impendet, & tam
piorum principum & aliorum
gravium virorum teftimonio co-
gnovimus. Huic igitur pericu-
lo quod proponitur pro pafto-
rali officio cupientes obviam
ire, & multorum infirmitati pa-
ternæ charitatis vifceribus fub-
venire; ne umquam de nobis
dici poffit, tot pereuntes animas
à nobis neglectas fuiffe, non fe-
ciffe nos quidquid pótuerimus,
ut nutantes confirmaremus, la-
pfos erigeremus, errantes in fa-
lutis viam reduceremus: de fra-
ternitatis tuæ zelo, diligentia,
& circumfpectione confifi, fi ita
effe, & faluti animarum expedi-
re cognoveris, in quo confcien-
tiam tuam oneramus, tibi, & iis

qui maturo rectoque judicio
fubdelegabuntur à te , tenore
præfentium, de poteftatis Apof-
tolicæ plenitudine facultatem
damus atque concedimus eligendi & deputandi catholicos
Sacerdotes, qui in provincia tua,
exceptis illis partibus, in quibus
chariffimus in Chrifto filius Phi-
lippus Hifpaniarum Rex Catho-
licus temporale dominium, pof-
feffionem, aut aliquod jus ha-
beat, utramque fpeciem , decen-
ti ordine fervato, & omni offen-
fione vitatâ, quæ oriri poffet in-
ter communicantes , fub utraque , & fub una tantum fpecie ,
miniftrare poffint, illam ex devo-
tionis fervore petentibus; dum-
modo ii qui illam petierint, cum
fancta Romana Ecclefia communionem habeant , & cum cæteris in rebus , fidem ejus doctri-
namque fequantur , tum hoc

quoque confiteantur, profiteantur & credant in sanctissimo Eucharistiæ Sacramento, tam sub una, quam sub utraque specie verum & integrum Christi corpus esse, nec Romanam Ecclesiam errasse aut errare, quæ, exceptis dumtaxat sacerdotibus celebrantibus, cæteros tam clericos quam laïcos, sub specie tantum panis communicat, & præterea contriti & confessi, munere Sacramenti absolutionis accepto, ad ipsam sub utraque specie communionem sumendam accedant. Ut vero etiam lapsis, si ad gremium matris Ecclesiæ redire voluerint remisso rigore Canonum consulamus, permittimus ut si vere & ex animo resipiscant, erroresque & hæreses in quibus fuerint, apud te, vel subdelegatos abs te detestentur, abjuratio eis secreta suffi-

ciat ; injuncta tamen eis pœni-
tentia salutari , nisi magis eam
abjurationem publice fieri ex-
pedire, tibi ipsi sive subdelega-
tis visum fuerit, quod arbitrio
vestro relinquimus ; atque ita ab
omnibus pænis, censuris, & sen-
tentiis, in quas propter hæresis
crimen incurrerint, absoluti &
fidelium unitati, ac Sacramentis
Ecclesiæ restituti , ipsi quoque
ad communionem sub utraque
specie admitti possint. Illud fra-
ternitatem tuam monemus , &
diligenter curare volumus , ac
mandamus , ut Confessores &
Sacerdotes abs te, illisve quibus
tu hanc potestatem subdelega-
bis, eligendi & deputandi in
communionibus & hortationibus
suis sedulo populum sub utraque
specie communicatum doceant,
adhortentur, & moneant, ut integrum Christum, sicut diximus,

tam fub una, quam fub utraque
fpecie contineri fideliter credat,
confiteatur, ac teneat. Datum
Romæ apud Sanctum Petrum,
fub Annulo Pifcatoris, die xvi.
Aprilis MDLXIV. Pontificatus
noftri anno quinto.

❀❀❀❀❀❀❀❀❀❀❀

## TRADUCTION FRANÇOISE
### du Bref de Pie IV.

NOstre Venerable Frere, Salut & benediction Apostolique. Comme le saint Concile de Trente, dans la session touchant le sacrifice de la Messe, nous a renvoyé l'affaire qu'on y avoit agitée touchant la permission de l'usage du calice, demandée par des peuples de quelque nation ou royaume, afin d'en ordonner ce qui nous sembleroit plus avantageux pour le salut des peuples qui la demandent ; nostre tres-cher fils en Jesus-Christ l'Empereur Ferdinand ; par un effet de son zele ordinaire & insigne pour la Religion, ayant aprés la fin du Concile communiqué la chose à

quelques-uns des principaux
Prelats du faint Empire & des
Princes Ecclefiaftiques, & encore à noftre cher fils le noble Seigneur Albert Duc de Baviere
fon gendre; nous a écrit & fait
remontrer foigneufement par
fon Ambaffadeur, le grand &
manifefte peril qui menace la
Religion Catholique dans les
Provinces d'Allemagne, & autres païs de fon Empire ou defes
Domaines, où elle court rifque
d'eftre entierement éteinte, ce
qu'il y a de refte de Catholiques
ayant un fi grand defir de communier fous les deux efpeces,que
cela feul en a porté plufieurs à fe
retirer vers les hérétiques,qui les
ont obligez d'abjurer la verité
de la Foy, & eftant fort à craindre que les autres n'en faffent autant, fi l'on refufe l'ufage du calice, & qu'ainfi tous ne tombent

dans l'apostasie. Il nous a donc
tres-instamment suppliez tant en
son nom qu'en celuy du Duc du
Baviere, de vouloir bien employer le pouvoir que Dieu nous
a donné, en faveur des peuples
de la nation Allemande, & autres des Royaumes & Provinces
de sa domination. Le mesme
Duc de Baviere, Prince non
moins illustre par sa pieté que par
son extraction, nous a fait de pareilles instances tant par écrit
que par son Ambassadeur, & nous
en avons receu de semblables de
la part de beaucoup de personnes
tres-considerables par leur pieté
aussi bien que par leur prudence
& par leur doctrine. Nous n'a-
vons pû manquer d'estre touchez aussi sensiblement que nous
devons l'estre, en apprenant la
perte de tant d'ames pour qui
Nostre Seigneur Jesus-Christ a

versé son tres-précieux Sang sur
la Croix,& le terrible & pressant
danger , où se trouvent le reste
des Catholiques de la tres-noble
nation Allemande , & d'autres
Royaumes & Domaines, comme
il nous estoit confirmé par le témoignage de ces Princes si reli-
gieux, & d'autres personnes d'un
merite distingué. De sorte que
pour prévenir ce malheur selon
le devoir de nostre Charge pastorale , & par les entrailles de
nostre charité paternelle subve-
nir à l'infirmité de tant de peuples ; afin qu'on n'ait jamais à
nous reprocher d'avoir negligé
le salut d'un si grand nombre d'a-
mes prestes à perir, & de n'avoir
pas fait tous nos efforts pour affermir les foibles , redresser ceux
qui sont tombez,& ramener dans
la voye du salut ceux qui s'en
sont égarez, nous confiant plei-

nement au zele, à l'exactitude, &
à la prudence de Voſtre Fraternité pour vous informer de l'état
des choſes ; & ſi vous jugez que
pour le ſalut des Ames il ſoit neceſſaire d'en uſer ainſi, ( dont
nous chargeons voſtre conſcience) de la plenitude du pouvoir
Apoſtolique, & par la teneur des
preſentes, nous vous donnons &
accordons la faculté, & à ceux
que vous aurez ſubdeleguez,
aprés un meur & ſuffiſant examen, de choiſir & commettre des
Preſtres Catholiques, qui dans
voſtre Dioceſe ( à la reſerve des
lieux où noſtre tres-cher fils le
Roy Catholique a quelque do-
maine temporel quelque poſſeſ-
ſion ou droit) pourront adminiſtrer la communion ſous les deux
eſpeces à ceux qui la demanderont devotement, en y gardant
tout l'ordre & la bien-ſéance ne-

cessaire; & évitant tout scandale & toute contestation qui pourroit survenir entre ceux qui voudront communier de la sorte,
& ceux qui se contenteront
d'une seule espece. A condition
toutefois que ceux qui demanderont la communion sous les
deux, soient de l'Eglise Romaine; & que suivant en tout le
reste sa doctrine & sa foy, ils
fassent aussi profession de croire & tenir, que dans le tres-
saint Sacrement de l'Eucharistie
le Corps de Jesus-Christ est véri-
tablement & tout entier aussi-
bien sous une seule espece que
sous les deux; & que l'Eglise Romaine n'a esté ni n'est en
erreur quand elle reserve aux
Prestres seuls celebrans, la communion des deux especes, &
n'accorde que celle du pain
aux autres clercs & aux laïques;
&

& à condition encore que ceux
qui voudront communier sous
les deux especes ne s'en appro-
chent qu'aprés que, repentans &
confessez, ils auront receu l'absolution dans le Sacrement de
la Penitence. Et afin de pourvoir
aussi au salut de ceux qui sont
tombez, s'ils veulent rentrer
dans le giron de l'Eglise leur mere, en relaschant en leur faveur
de la rigueur des Canons; nous
voulons bien nous contenter de
leur abjuration secrete, s'ils sont
veritablement & sincerement repentans, & qu'ils détestent devant vous ou vos subdeleguez
les erreurs & les hérésies où ils
sont tombez; en leur enjoignant
toutefois une penitence salutaire, si vous ou vos subdeleguez ne
jugez plus à propos de les obliger à faire une abjuration publique, dont nous nous rapportons

e

à vous, & qu'ainſi demeurant ab-
ſous de toutes peines, cenſures,
& jugemens qu'ils auroient pu'
encourir par le crime d'héréſie,
& rétablis dans l'unité des fideles & à la participation des Sacremens de l'Egliſe, ils puiſſent
eſtre auſſi receus à la communion ſous les deux eſpeces. C'eſt
dequoy nous donnons avis à Voſtre Fraternité, vous chargeant
& ordonnant expreſſément de
tenir la main exactement à ce
que les Confeſſeurs & Preſtres
qui feront par vous ou vos ſubdeleguez, commis & choiſis
pour ce miniſtere, ne manquent
pas en ces communions & en
toutes autres rencontres, d'enſei-
gner, avertir & exhorter ſoigneuſement le peuple de croire ſincerement, tenir & confeſſer que
tant ſous une ſeule eſpece que
ſous les deux, Jeſus-Chriſt eſt

contenu tout entier, comme
nous avons déja dit. Donné à
Saint Pierre de Rome, sous l'An-
neau du Pescheur, le x v i. Avril
M. D. LXIV. & la cinquiéme
année de nostre Pontificat.

# EXTRAIT

## D'UNE LETTRE DE M. L'ABBE' BOISOT, A M. PELLISSON.

*Du 20, Janvier 1692.*

VOus avez eu raison de croire que le Bref de Pie IV. pour la communion sous les deux especes, estoit un Bref circulaire : ce que j'en ay est une copie envoyée au Cardinal de Granvelle avec une lettre que je joins icy. Il y est parlé du mariage des Prestres que l'Empereur, Ferdinand, quoy que tres-pieux demandoit pour ses Estats, & que son fils Maximilien, qui passoit pour n'estre pas si bon catholique, comme vous le verrez icy, sollicita depuis avec tant

d'ardeur, qu'il l'euſt obtenu,
ſans les oppoſitions de Philip-
pes II. J'ay obſervé ponctuel-
lement l'ortographe de cette
lettre Italienne en la copiant,
quoy que defectueuſe en quelques endroits; mais en matiere
de faits je croy qu'il faut eſtre
exact juſqu'au ſcrupule. Celuy
qui l'a écrite eſtoit un de ces
Fugger illuſtres & fameux nego-
cians d'Auſbourg, peu differens
en credit & en ſplendeur de
ceux qu'un commerce univerſel
qui n'avoit rien que de noble, &
les grandes richeſſes qui en eſtoient la ſuite, ont quelquefois
élevez à tout ce qu'il y a de plus
haut dans les Republiques. Celuy-cy entretenoit une grande
correſpondance avec le Cardinal, & luy donnoit ſouvent de
tres-bons avis.

‹❦❦❦❦❦❦❦❦❦❦❦›

*ILLUSTRISSIMO & Reverendissimo Monsignore mio odservandissimo.*

Sor Io. Jacomo Fugger 2. di Julio 1564. Con il Breve della Communione sub utraque. *Cette lettre est ainsi cottée en marge de la propre main du Cardinal de Granvel.*

GIA doi ordinari non gli scriffi, per non haver cofa degna di lei, comme in molti giorni non hebbi le fue, fe non hieri dua infieme, di Ornans delli 28. del mefe paffato, & d'Orchamps, à 2. del ftante.

Et quant' al Grumbach, effo fta ancora col Saffone non attefo che l'Imperatore gli fcriffe uno grand rebuffo; ma effo fe fcufa con una diceria che non è ne calda, ne fredda, ni conclude cofa alcuna; & tutto refta nelli termini ch'era. Fa offerte da parte del Grumbach di venire fupplice con li complici & di far quanto Sua Maefta vorra

& in questo l'Elettore Brande-
burgo lo favorisce caldamente,
ma Sua Maesta l'ha rimesso di
cavarse del bando secundo le
constitutioni del Imperio, che
sono à satisfare alli offesi che
sara may al fine. Molti Principi
sariano desidero si che Sua Maesta lo commandasse à mettere in
effetto il bando ; ma essa per l'in-
firmità & molti respetti & per
non far moti in Allemagna pro-
cede assai lentamente. Se'l sia
bono non sò ; questo sò che ser-
ve per colloro che non hanno
modo di mantenere garbuglio.
Basta. Io intendo che Grumbach
sta su la mira, attendendo la
morte di Sua Maesta, alla quale
subito movera contra Franconici, & forte ancora contra l'Elettore Sassone : in quello mezzo
passa la stagione & luy perde lo
tempo con speranza. Iddio cas-

tigi quefti turbatori della pace fecundo il merito. Franconici & la liga, come ancora l'Elettor Saffone, ftanno provifti fin hora con grand fpefa.

Effendo la Maefta dèl Impe-ratore confumpta & gia defpe-rata dalli medici ordinarii, fece chiamare quel Empyrico o per dir meglio incantatore ch' amaz-zò l'ultimo vefcovo di Cologna, & fta in corte del Re di Roma-ni, detto Dottore Bart° Zuin-glio di medici, & con aiuto d'un' aqua che colluy gli fece, torna à risfarfi, non fentendo piu febre la quale fentiva ogni giorno 12. hore, effendo tornato l'appetito di mangiare, bere & dormire, di manera che fi fpera beniffi-mo. Iddio l'augmenti & lo con-fervi, perche temo che con Sua Maefta la fede catholica non habbi à morire in Allemagna,

volendo ogniuno vivere à modo
suo.

Circa la communione sub
utraque, io penso Vestra Serenis-
sima Illustrissima & Reverendis-
sima havera havuta d'altri hor-
mai li Brevi, però in confidenza
gli ne mando copia d'uno, dello
quale venera la concessione &
exceptione delli paesi del Patrone *; ma non bastara questo ad
Austriaci che gia sono molto piu
innanzi. In Bavera il Duca è
deliberato in tre lochi nello paese ordinare Preti che distribuis-
cano il Corpus Domini secundo lo Breve. Del resto non vuole
che in nissuno luoco se immu-
ti nulla. Ha fatto essaminare
tutti li subditi per lo Parochie,
& quelli che non vogliono con-
tentarsi se mandano fuora del
paese, & gia ne furono mandati
fuora da 3000. & ogni giorno se

*Il appel-
le ainsi le
Roy d'Es-
pagne,
peut-estre
par une
maniere
d'honnes-
teté pour
le Cardi-
nal son
ministre »
à qui il
écrit.

E v

» ne fa informatione, di manera
» ch' il negotio è incaminato di
» modo che tutti dicono conten-
» tarfi della volunta del Principe.

Della parte d'Auftriaci fi fa
inftanza del matrimonio di Preti, ma dubito che con quello &
molte altre conceffioni non fe
contentaranno, effendo foliti vivere fenza regula ad ogni piace-
re loro. Iddio ne providi. A me
pare che quello vorra il Re de
Romani faranno li fubditi, effendo Sua Maefta in grand pre-
dicamento tra loro di non effere
catholico, & populus ftudet no-
vitati.

Intendiamo ch'il Dano dette
una ftretta ful mare ab Suedo,
ma pure li imbafciatori di coftui
non erano ancora à Roftock. Pare ch'il Suedo & Haffo fiano in
differenza per conto del marit-
tagio disfato col Suedo, perche

fuetici fcrivono certe fcufe del Patron di qua & la, dando certi punti al Haffo.

Di fpagna habbiamo ch'il Patrone ftava con una febre. Iddio lo confervi & ci facci gratia di vederlo prefto in qua. Bafcioli le mani per l'offitio & il favore fà nello mio particolare, fupplicandola di continuarlo, perche mancandome Pietra-fecca di quella promiffione delle tre ferie non vederia modo di mantenerme fenza patire, vergogna che faria mai à risfare, perche l'invidia & odio delli mei non ceffa, & io fon deliberato di fepararme da loro con bom modo.

Habbiamo avifi che Don Garzia gia è di ritorno con le gallere di Napoli. Iddio li dia felice imprefa. L'horologio ho mandato conciare & trovandolo

e vj

giufto fe rimandara à veftra Sereniffima Illuftriffima & Reverendiffima alla quale bafciando
le mani con ogni divotione me
raccommando & offerifco. Da
Tauffkirch alli xx1. di Luglio
M. D. LXIV.

Di Veftra Sereniffima Illuftriffima & Reverendiffima af-
fettionatiffimo fervitore,
                            FUCHARO.

La fufcription eft,

*All Illuftriffimo & Reverendiffimo Mon-
fignore mio Offervandiffimo il Car-
dinale di Granvela Arcivefcovo di
Malines. Bruxelles.*

Cette copie eft tirée du 13. Volume
des Memoires de Granvelle, page 115.

# TRADUCTION D'UN
*endroit du Pere Odoricus Ray-*
*naldus, en sa Continuation de*
*Baronius, année 1564. impri-*
*mée à Rome en 1677.*

Le stile de l'historien & celuy des pieces
qu'il rapporte, sont d'une nature à ne les.
pouvoir traduire avec beaucoup d'elegan-
ce & beaucoup de fidelité tout ensemble.
On a choisi le dernier; ces sortes de ver-
sions devant estre presque litterales pour
faire foy comme les originaux mesmes.

IL y eut encore une autre Am- 28.
bassade secrete de la part de
l'Empereur Ferdinand & du Duc
de Baviere, qui demandoient
l'usage du calice pour les laïques
d'Allemagne; & qu'aux lieux où
les Prestres non mariez ne suffi-
roient pas pour administrer les
Sacremens, & pour toutes les
autres fonctions Ecclesiastiques,
on pust recevoir aux Ordres des

laïques mariez, en qui l'on re-
connoiſtroit une grande doctrine & une éminente pieté. Car
comme le commun des laïques
ſouhiatoient paſſionnément la
communion du calice, & qu'ils
avoient là-deſſus beaucoup de
jalouſie contre les Preſtres ; il ſe
trouvoit auſſi beaucoup de Preſtres impudiques qui ne reſpi-
roient qu'aprés le mariage ; &
dont les hérétiques attiſoient
d'autant plus la concupiſcence,
que falſifiant les decrets du Concile de Trente, ils faiſoient ac-
croire que le Concile laiſſoit aux
Preſtres cette liberté. Ce fut ſur
ce faux prétexte, que les Cha-
noines de l'Egliſe Collegiale de
Sainte Marie de Hambourg con-
tracterent des mariages ſacrile-
ges, & chaſſerent du Chapitre
leur Doyen & un de leurs Con-
freres, tous deux grands hommes

de bien qui s'oppofoient à ce defordre. Le x x. Juillet le Pape
chargea l'Archevefque de Bre-
me d'en reprimer les fuites, & de
ramener ces miferables à leur devoir, luy envoyant à cet effet les
veritables actes du Concile, pour
les rendre publics par l'impreffion.

L'Empereur, quoy que tres-
pieux, & le Duc de Baviere
avec luy demandoient cet ufage
du calice pour les laïques, & la
liberté du mariage pour les Preftres; parce qu'ils eftoient pleinement perfuadez que fans cela
le peu qui reftoit de Catholiques
en plufieurs Provinces eftoient
prefts à renoncer à la Religion;
& que par cette condefcendance
un grand nombre de Lutheriens
reviendroient bien-toft au giron
de l'Eglife. Ces demandes ayant
efté faites au Pape le x i v. Fé-

vrier, il fut extrémement touché de voir à quel point l'info-
lence des hérétiques avoit porté
le déreglement, jufqu'à vouloir
confondre les fonctions des laïques & des preftres. Il inclinoit
neanmoins à permettre l'ufage
du calice aux laïques fous certaines conditions, comme nous
avons déja veu que cela avoit
efté propofé au Concile de Trente; & il en fit auffi la propofition
dans le Confiftoire, comme il fe
trouve écrit dans les Actes Con-
» fiftoriaux, en ces termes. Le 1.
» jour de Mars M. D. LXIV. noftre
» Saint Pere fe plaignant du mal-
» heureux état de l'Eglife, fit rap-
» port aux Cardinaux de quelques
» demandes de l'Empereur & du
» Duc de Baviere. On a les deux
» Lettres de l'un & de l'autre écri-
» tes au Pape Pie au mois de Fé-
» vrier, tendantes principalement

à obtenir pour leurs Sujets la «
communion sous les deux es- «
peces, sur quoy Sa Sainteté doit «
nommer des Commissaires. «

Il ordonna cependant à toute
l'Assemblée de se mettre en prieres, pour demander à Dieu le pere des lumiéres, qu'il leur inspi-
rast ce qu'il y avoit à faire ; &
qu'à cette intention les Cardinaux Prestres dissent chacun une
Messe du Saint Esprit, & que
les Diacres en fissent dire aussi
par d'autres Prestres, afin qu'il
plust à Dieu d'envoyer du ciel
la Sagesse mesme qui assiste à
ses conseils pour leur apprendre
sa sainte volonté.

Ferdinand persuadé que tou-  29.
te l'esperance de ramener l'Allemagne à la Foy, consistoit à
permettre aux laïques la communion sous les deux especes,
& ne pas refuser aux Prestres la

liberté de se marier ; faisoit encore de nouvelles instances pour obtenir du Pape l'effet de ses demandes ; qu'il réïtera tres-fortement, sur tout par une lettre du XIV. Février dont voicy la teneur.

*Tres - saint Pere & Seigneur en Jesus-Christ, Seigneur Reverendissime, aprés les assurances treshumbles de nostre respect filial, nous vous souhaitons un continuel accroissement de grandeur & de prosperité.*

Il seroit inutile de nous étendre à faire connoistre, & prouver à Vostre Sainteté la grande application & le desir ardent, qui nous a toûjours portez en tout temps & en tout lieu à procurer & augmenter les avantages, la paix, le repos & l'union de la sainte Eglise nostre

mere, puifque Dieu mefme nous
eft témoin, comme noftre confcience, que nous n'avons jâ-
mais épargné là deffus ni foin,
ni travail; & que nous ne doutons pas mefme que Voftre Sainteté ne foit pleinement informée & perfuadée de noftre bonne intention. C'eft par cette
droiture de noftre intention &
par noftre zele pour la Foy, que
le faint Concile general fe tenant nagueres à Trente, nous
nous fommes employez avec
empreffement à demander la permiffion de l'ufage du calice, fans
autre veuë d'aucun avantage
temporel, ou qui nous regar-
daft en particulier, non plus que
par aucun fcrupule de noftre
confcience fur ce que la fainte Eglife noftre mere a cru &
obfervé jufqu'icy à cet égard,
ni fur quelque autre article que

ce foit ; mais parce que nous
avons toujours efté tres-perfua-
dez, comme nous le fommes encore, qu'en general cette permiffion, utile en elle-mefme, fera
tres-avantageufe en particulier
pour ramener les hérétiques, &
commencer à rétablir l'union &
la paix de l'Eglife, qu'on attend
& defire en vain depuis fi long-
temps. Mais comme il nous fut
rapporté dans ce temps-là que
quelques-uns trouvoient beaucoup de difficulté à cette permiffion, & y faifoient naiftre plufieurs obftacles, nous avons bien
voulu differer cette affaire pour
quelque temps, afin d'en pouvoir conferer cependant, pour
la décharge de noftre confcience avec quelques uns des principaux & plus confiderables Prelats & Princes du faint Empire,
ne doutant point qu'appuyez de

leur confeil nous ne fuffions en
droit de preffer enfuite plus li-
brement & plus inftamment l'effet de noftre deffein.

Aprés avoir donc exactement
& meurement deliberé fur cette
propofition, s'il eft à propos ou
non d'infifter à la demande de
cette permiffion , tant avec ces
Prelats & Princes Ecclefiaftiques
qu'avec noftre tres-cher coufin
& gendre l'illuftre Prince Albert Palatin du Rhin, Duc des
deux Bavieres ; & leur avoir donné le temps d'en conferer auffi
avec ceux de leurs Theologiens
& Docteurs qui auroient le plus
d'érudition & de pieté, comme
nous ne doutons pas qu'ils ne
l'ayent fait ; tous ces Prelats &
Princes fçachant l'inclination
que nous avions à demander cette permiffion, fi neceffaire non
feulement à nos Royaumes &

Domaines, mais encore à toute
l'Allemagne, & que nous avions
refolu d'en faire inftance auprés
de Voftre Sainteté ; ont fort approuvé noftre deffein, & promis
que de leur part ils n'oublie-
roient rien de leur devoir, mais
qu'ils obferveroient exactement
tout ce qu'il plairoit à Voftre
Sainteté de permettre, accorder,
& ordonner fur noftre tres-hum-
ble & filiale fupplication, & qu'à
la premiere occafion ils ne man-
queroient pas de communiquer
l'affaire avec les Evefques fuffra-
gans de leurs Provinces.

Ayant donc veu que le fentiment de ces Prelats & Princes
Ecclefiaftiques eftoit conforme
au noftre ; & l'experience nous
faifant voir tous les jours de plus
en plus que le befoin eft trop
preffant pour fouffrir de plus longues remifes ; rappellant d'ail-

leurs en noftre memoire ce que
les tres-Reverends Peres en Jefus-Chrift Jean Moron Evefque
de la fainte Eglife Romaine Cardinal de Paleftrine , & le Prince
Charles de Lorraine Preftre
Cardinal de la mefme fainte E-
glife Romaine du titre de faint
Apollinaire, nos tres-chers amis,
nous ont mandé de la part de
Voftre Sainteté, par l'Evefque
des cinq Eglifes,& alors Evefque
de Chanad, peu de mois avant la
fin du Concile, & que le Reve-
rendiffime Evefque de Faro
Nonce Apoftolique nous a certi-
fié; nous avons cru qu'il ne falloit pas differer davantage, mais
que nous devions employer in-
ceffamment nos lettres & nos offices auprés de Voftre Sainteté,
pour en obtenir l'effet que nous
efperons de fa clemence & de fa
pieté, fans qu'il foit befoin de la

fatiguer d'un long & ennuyeux
détail quoy que nous l'ayons en
main, de tant de raifons importantes qui doivent l'obliger par
une condefcendance paternelle
à nous accorder noftre tres-hum-
ble & filiale fupplication pour le
falut éternel d'un grand nombre
d'ames; eftimant qu'il fuffiroit,
& feroit mefme plus agreable à
Voftre Sainteté, accablée de tant
d'autres & fi grandes occupations, de luy marquer feulement
noftre defir le plus fuccincte-
ment qu'il feroit poffible.

C'eft pourquoy, tres-Saint Pere, tant en noftre nom qu'en celuy de noftre tres-illuftre gendre
le Duc de Baviere, nous prions
& fupplions tres-inftamment
Voftre Sainteté de vouloir bien,
felon le pouvoir qu'elle en a receu de Dieu, fubvenir charitablement à tant de peuples d'Allemagne,

lemagne, & autres Royaumes &
Provinces, par la conceſſion de
l'uſage du calice qui leur eſt ſi
neceſſaire, ſuivant le ſentiment
de pluſieurs perſonnes tres-ca-
tholiques & tres-judicieuſes. Et
nous ne doutons point que Voſtre Sainteté, n'ait la bonté d'y
conſentir volontiers, dans le tres-
grand deſir qu'elle a de favoriſer
le rétabliſſement de la Religion
catholique; & qu'elle ne ſouffri-
ra pas que nous ayons inutilement imploré ſon ſecours dans
une choſe ſi importante & ſi neceſſaire au ſalut du peuple chrétien, & qui a déja eſté traitée
& diſcutée exactement dans le
Concile, eſtant ſur tout d'une
notorieté publique, qu'on ne
peut attendre de cette conceſſion qu'une tres-grande utilité.
De plus, aprés en avoir meurement deliberé avec des catholi-

f

ques d'une doctrine & d'une pieté singuliere, & d'ailleurs fort in-
struits des affaires d'Allemagne,
nous avons aussi cru devoir, de
leur avis, assurer Vostre Sainteté
de la mesme chose : & qu'elle feroit de plus un coup fort important pour conserver, du moins
en Allemagne & en nos autres
Royaumes & domaines, le peu
qu'il y reste de catholiques, &
pour reprimer & extirper les heresies, leurs auteurs, emissaires &
fauteurs ; si elle vouloit trouver
quelque moyen, non seulement
pour reconcilier à l'Eglise les
Prestres qui s'en sont separez en
se mariant, sans les obliger à
quitter leurs femmes ; mais pour
faire aussi que dans les lieux où
il n'y a pas assez de Prestres, les
Ordinaires puissent recevoir au
ministere de l'Autel & aux autres fonctions Ecclesiastiques des

laïques choisis d'un âge compe-
tent, d'une vie exemplaire, &
d'une doctrine consommée. Sur
quoy nous n'avons pû ni dû oublier dans une si malheureuse
conjoncture, de vous supplier
tres-humblement, & vous conju-
rer avec tout respect, tant pour
nous que pour nostre tres-cher &
illustre gendre, de vouloir sans
aucun retardement emploier aussi sur cela quelque remede salutaire ; puisque Vostre Sainteté ne
peut douter, aprés l'avis de tant
de personnes d'une grande pieté,
que l'Eglise catholique ne doive, avec l'aide de Dieu, recevoir
un grand secours de ce remede,
duquel dépend encore le salut de
plusieurs milliers d'ames ; & qui
merite bien que Vostre Sainteté
exerce son autorité Apostolique.
Car voicy le temps qu'elle a
moyen d'en venir à bout (ce qui

soit dit avec le respect filial qui
vous est deû) de meriter par là des
louanges éternelles, & de rendre
son nom si celebre à la posterité,
qu'elle dira avec justice : Qu'est-
ce qu'a pû faire & que n'a point
fait ce saint Pontife veritable-
ment digne du nom de Pie qu'il
portoit, pour affermir ceux dont
la foy estoit chancelante, pour
relever de leur cheute ceux qui
estoient tombez, & les ramener
au giron de l'Eglise ? C'est assu-
rément en cela que Vostre Sainteté fera une chose tres-digne de
sa vocation & de son zele, &
qu'en nostre particulier nous tascherons, comme tous les chrétiens du monde, de meriter par
nos prieres continuelles envers
Dieu pour la santé & prosperité
de Vostre Sainteté ; à laquelle
au surplus nous offrons avec respect tous les devoirs de nostre

obeïssance filiale. A Vienne le
XIV. Février M. D. LXIV. la
trente-quatriéme année de nostre Empire Romain, & de nos autres regnes la trente-huitiéme.

Nous esperons obtenir incessamment ce que nous deman-
dons à Vostre Sainteté, tant en
nostre nom qu'en celuy de nostre tres-illustre frere, & tres-cher
fils le Duc de Baviere, par le seul
motif de procurer la paix & l'u-
nion de l'Eglise catholique : &
nous nous en tenons mesme fort
assurez par les raisons qu'elle ap-
prendra du tres-illustre Cardinal
Moron nostre Ambassadeur.

Pour obtenir plus facilement 30.
du Pape ces demandes, l'Empereur luy envoya le Cardinal Moron, qui avoit presidé au Concile
de Trente en qualité de Legat A-
postolique : & voicy la lettre qu'il
écrivit là-dessus à ce Cardinal.

f iij

*Ferdinand par la clemence divine Empereur des Romains toûjours Augufte, &c. Au tres-Reverend Pere en Jefus-Chrift Jean Moron Evefque de la fainte Eglife Romaine, Cardinal de Paleftrine, noftre tres-cher amy, Salut & bien-veillance.*

Tres-Reverend Pere en Jefus-Chrift, & tres-cher amy, Aprés une longue & meure deliberation tenuë avec des perfonnes pieufes, catholiques, & doétes fur la conceffion que nous a charitablement accordée noftre S. Pere ; enfin avec la grace de Dieu, la chofe en eft venuë au point que nous tenons pour affuré que tout fe paffera bien, tant pour la fatisfaction de Sa Sainteté qu'au foulagement des confciences d'un grand nombre de perfonnes, comme Voftre Reve-

rence le pourra connoiſtre ; puis
que nous avons tout concerté
avec le Reverendiſſime Eveſque
de Faro Nonce Apoſtolique, qui
ne manquera pas ſans doute d'en
faire rapport à Sa Sainteté. De
ſorte qu'en cette affaire du ſacré
calice, il ſemble qu'il ne reſte
plus autre choſe à faire que d'é-
tendre un peu davantage quelques Brefs que Sa Sainteté nous
a envoyez, & en faire encore
quelques nouveaux ; ce que nous
avons chargé noſtre amé & feal
le magnifique Seigneur Proſper
Comte d'Archi noſtre Conſeil-
ler & Ambaſſadeur, de ſolliciter
ſans ceſſe auprés de Sa Sainteté.
Et nous ne croyons pas qu'il s'y
trouve aucune difficulté ; ſur
tout, ſi voſtre Reverendiſſime
Paternité y veut bien mettre la
main, comme nous le ſouhaitons
extrémement.

f iiij

Mais il nous reste aussi à con-
sommer cette autre affaire du
mariage des Prestres, surquoy
Sa Sainteté a remis à en deli-
berer plus amplement. Car elle
n'est pas de moindre consequence que celle du calice, & ne
peut ni ne doit aucunement demeurer plus long-temps en ar-
riere. C'est pourquoy nous avons
de nouveau chargé nostre Ambassadeur d'en rafraischir la memoire à Sa Sainteté, & d'en pres-
ser respectueusement la conclu-
sion autant qu'il pourra. Et comme la mediation de Vostre Reverendissime Paternité nous y pourra estre d'un fort grand secours;
nous la prions & exhortons tres-
affectueusement de considerer la
justice & l'importance des raisons qui nous ont portez à faire cette demande, & de vouloir
bien par la grande affection

qu'elle a pour nous, nous prester
son assistance en cette occasion si
pieuse & si utile à la réunion &
au repos de l'Eglise, & nous y
rendre à son ordinaire l'office de
bon Protecteur, comme nous
nous le promettons de la bonté
& du zele de Vostre Reverendissime Paternité. Elle fera asseuré-
ment en cela une œuvre sainte,
& non moins agreable à Dieu
que salutaire aux Eglises d'Allemagne & de nos autres Royaumes & domaines, & que nous
tascherons aussi de reconnoistre
par toutes sortes de marques
d'une bienveillance reciproque,
luy souhaitant au surplus une
parfaite santé. A Vienne le XVII.
Juin M. D. LXIV. l'an trente-
quatriéme de nostre Empire Romain, & de nos autres regnes le
trente-huitiéme.

Pour ramener aussi à l'Eglise ce

f v

qui reſtoit de Calixtins en Boheme, le meſme Empereur pria le
Pape de permettre à l'Archeveſque de Pragues de les recevoir à
l'Ordre de Preſtriſe, ſuivant les
conditions exprimées dans une
Supplique dont voicy la ſubſtance.

Ce que Sa Majeſté Imperiale
demande au Saint Pere ſont trois
choſes.

La premiere eſt qu'il ſoit permis à l'Archeveſque de Pragues
de reconcilier les Calixtins, qui
aprés avoir abjuré toutes les he-
reſies, & les couſtumes contraires à celles de l'Egliſe Romaine (à la reſerve de l'uſage du
Calice) promettront de garder
de point en point toutes les choſes dont on eſt convenu cy-de-
vant.

La ſeconde, que le meſme Archeveſque de Pragues puiſſe re-

cevoir aux ordres facrez les Calixtins aprés leur reconciliation.

La troifiéme, qu'il foit pourveu
aux lieux où n'y ayant qu'un feul
Preftre, il fe pratique neanmoins
diverfes manieres de communion. Puis aprés avoir inferé plufieurs chofes touchant l'obliga-
tion qu'on doit impofer aux Calixtins de confeffer que tout
Jefus - Chrift eft contenu fous
chaque efpece , & qu'il n'eft
point neceffaire pour le falut
de les recevoir toutes deux ; on
adjoûte ce qui fuit.

Ce qui nous perfuade qu'on
peut accorder cela aux peuples
de Boheme, eft qu'il y a 125. ans
qu'ils font élevez dans cêt ufage;
de forte qu'il eft difficile de les
faire maintenant changer. Ce
feroit autre chofe s'ils demandoient de nouveau qu'on le leur
accordaft ; car il y a grande dif-

f vj

ference entre tolerer quelqu'un
qui demeure bonnement & sans
mauvais dessein dans une ancienne coutume, & changer sans aucune bonne raison une bonne &
ancienne coutume.

32.    L'affaire ayant esté discutée
par les Cardinaux & autres personnes intelligentes, il fut jugé
à propos d'accorder la demande
du calice ; afin que cét obstacle
levé n'empeschast plus la liaison
de la nation Allemande avec la
pierre angulaire de la verité catholique ; encore que par cette
singularité elle sortist en quelque maniere hors d'œuvre.

Le Pape donna donc pouvoir
à quelques Evesques de permettre aux laïques l'usage du calice
sous certaines conditions, comme le demandoit expressément
Ferdinand par son Ambassadeur;
parce, disoit-il, qu'il ne vou-

loit pas hasarder de donner at-
teinte aux droits de l'Eglise : &
cela paroist clairement par le
Formulaire qui suit.

Aprés que Sa Majesté Imperiale nostre tres - clement Seigneur, a sceu qu'on luy avoit
accordé la demande qu'il avoit
faite avec instance, premierement par ses Ambassadeurs au
Concile de Trente, & ensuite
à nostre tres-Saint Pere en Jesus-
Christ le Pape Pie nostre Sei-
genur, Souverain Pontife de la
Sainte Eglise Catholique & Romaine; & que doresnavant on
ne refuseroit plus l'usage du calice à ceux qui le demande-
roient dignement dans la communion de nostre sainte mere
l'Eglise catholique ; il a crû qu'il
falloit presentement s'appliquer
avec toute l'attention possible à
empescher qu'on ne laisse passer

en abus ce qui se trouve toleré par la souveraine & legitime autorité de l'Eglise ; de peur mesme que personne ne tourne à mauvais sens cette tolerance ; & que ce qui a esté procuré par la bonne intention de Sa Majesté Imperiale & accordé à son Eglise dans la veuë principalement d'y mettre la paix & l'union qu'on attend depuis si long-temps, ne soit que l'occasion d'un plus grand schisme & de divisions plus pernicieuses. C'est pourquoy, bien que Sa Majesté ne pense à rien moins qu'à entre-prendre sur les droits du Saint Siege ni des autres Evesques, sçachant tres-bien & faisant ou-vertement profession de croire qu'il n'appartient pas aux Prin-ces seculiers d'ordonner des choses de la foy ; & que par la disposition de Dieu, les causes

importantes de la foy & de la
religion font refervez au Siege
Apoftolique & aux faints Conciles; afin toutefois que fa Majefté Imperiale, comme fils aifné
de l'Eglife & fon fuprême avo-
cat & defenfeur, puiffe contribuer à la prompte & legitime
execution de ce qui a efté accordé pour le facré calice, & que
le tout puiffe reuffir pour le falut des ames: Elle a trouvé à propos de commettre quelques perfonnes pieufes & fçavantes & qui
aiment la paix; pour, au nom de
Dieu & du Saint Efprit, & aprés
avoir imploré fa grace; penfer,
pefer & examiner exactement,
autant que la prudence, le foin
& la precaution humaine le peut
permettre, tout ce qui, fuivant
le Formulaire de la conceffion
de l'ufage du calice, le peut rendre utile & avantageux; & pour

donner avis à Sa Majesté Imperiale de toutes les choses dont
ils feront unanimement conve-
nus à cet égard. Et ces Commissaires s'estant acquitez avec
autant de diligence que d'exactitude des ordres de Sa Majesté
Imperiale, & conformément à
son intention : Elle a voulu dere-
chef communiquer leurs pieux
sentimens aux tres - Reverends
Archevesques & Evesques dont
les Dioceses & Provinces confi-
nent aux royaumes de Sa Majesté
& à ses païs hereditaires de la
basse Autriche, & députez par
la teneur des presentes pour la
dispensation du sacré calice.

Et parce qu'en tout cecy l'unique but de Sa Majesté est l'établissement d'un juste & legitime
usage du calice, & que la sainte
intention de l'Eglise ait le succés
qu'on s'en est promis ; avant que

de declarer ce que ces perſonnes
pieuſes ont conſeillé d'obſerver,
elle a crû devoir expliquer icy
certaines choſes, ſans leſquel-
les il ſemble que cet établiſſe-
ment ne peut eſtre utilement
executé.

Il eſt conſtant que le fruit de
cette conceſſion dépend principalement du ſoin, & de la diſcre-
tion des Confeſſeurs & des Pre-
dicateurs : & quoy qu'il ne ſoit
pas icy queſtion de traiter à deſſein de la coutume ſalutaire de
confeſſer ſes pechez, établie dés
le commencement de l'Egliſe,
comme il paroiſt par le ſentiment unanime des ſaints Peres,
& qui eſt encore en uſage preſen-
tement ; eſtant ſur tout à preſup-
poſer que les Preſtres prépoſez
de Dieu pour eſtre les juges & les
directeurs des conſciences , ne
manquent jamais d'exiger des

penitens la confeſſion ſacramen-
tale, & ne voudroient pas abuſer
du pouvoir que Dieu leur a donné de remettre & de retenir les
pechez : il eſt pourtant bon de
marquer icy diverſes choſes
qu'on doit principalement enſei-
gner & établir, & les faire obſerver ſoigneuſement par les Confeſſeurs meſmes en ce temps-cy,
lors qu'on preſentera le calice
aux laïques.

Premierement, il faut ſi bien
inſtruire, exhorter & informer
le peuple de Dieu, qu'il ſçache
& comprenne que l'Egliſe Romaine, ſous laquelle comme mere & maiſtreſſe de toutes les autres elles ont receu chacune en
particulier la foy catholique, ne
doit jamais eſtre blaſmée, lors
que ſans toucher à la ſubſtance
des Sacremens, elle ordonne ou
change en leur adminiſtration

de certaines chofes, felon qu'elle le juge neceffaire, foit pour le refpect & la veneration qu'on doit aux Sacremens mefme, foit pour le profit fpirituel de ceux qui les reçoivent, fuivant les diverfes conjonctures des chofes, des temps, & des lieux ; & qu'au contraire elle ne fait en ces rencontres, qu'ufer legitimement de fon pouvoir avec une tres-grande prudence, & droiture.

Il femble auffi qu'il faut tellement inftruire, exhorter & enfeigner le peuple, qu'il croye unanimement, que dans le tres-Saint Sacrement de l'Euchariftie Jefus-Chrift eft contenu tout entier fous chaque efpece : & que quand au fruit ou utilité du Sacrement, il ne manque aucune grace neceffaire au falut de ceux qui le reçoivent fous une feule efpece ; & qu'ainfi les fideles, qui

se tiennent dans l'union de l'E-
glise, doivent rejetter tous ceux
qui disent qu'on ne reçoit pas
Jesus-Christ entier sous la seule
espece du pain; ou qui enseignent que la communion de
l'Eucharistie est necessaire au salut des enfans qui n'ont pas encore l'usage de la raison. Les
bons & sages Confesseurs doivent encore, de tout leur pouvoir, faire bien entendre, que
quiconque s'approche de ce Sacrement sans estre entier & ferme dans la foy qui nous a esté en-
seignée par le soleil de Justice
nostre Seigneur Jesus-Christ, que
nous avons receuë par la tradition des Apostres, de saint Pierre
& de ses legitimes successeurs, &
qui a toûjours esté gardée dans
l'Eglise catholique par l'inspira-
tion du Saint Esprit; est coupable du corps & du sang du Sei-

gneur, & mange & boit sa propre condamnation.

Et parce que Sa Majesté Imperiale a appris avec douleur
que plusieurs de ses sujets, &
principalement en Autriche, se
plaignent que par je ne sçay quelle negligence, il arrive en certains lieux, que les Prestres reçoivent le plus souvent les confessions en public, & comme en cer-
cle, & donnent ensuite aussitost
l'absolution; & que par ce moyen
chacun ne peut confesser en particulier les pechez mortels qu'il
découvriroit en sa conscience s'il
avoit le temps de se bien examiner & de recevoir des conseils sa-
lutaires sur son état avant l'absolution : Sa Majesté Imperiale
croit qu'il est necessaire d'aider
& favoriser les bonnes intentions des penitens, afin qu'elles
puissent avoir leur effet.

C'eſt pourquoy, comme il eſt
beſoin ſur cela d'une grande application des Preſtres, & ſur tout
de celle des Ordinaires qui doivent pourvoir de quelque remede à ce mal ; il ſemble neceſſaire
d'avertir ſerieuſement tous les
Confeſſeurs ſujets de Sa Majeſté, de ſe comporter avec beaucoup de prudence dans les con-
feſſions ſecretes ; qu'ils agiſſent
ſelon les diverſes portées des penitens ; qu'ils diſtribuent à chacun le lait, ou la nourriture ſoli-
lide, ſelon qu'ils le jugeront convenable à ſa foibleſſe ou à ſa force ; & qu'ils prennent garde encore à n'embarraſſer point l'eſprit des penitens de difficultez
Theologiques ou de myſteres
profonds qui paſſent leur intelli-
gence. Car c'eſt, comme nous
voyons avec un extrême déplaiſir, la premiere ſource de tant de

difputes inutiles, qui ont à la fin enfanté & nourri les fchifmes & les hérélies : ces queftions ne fervant ordinairement qu'àtroubler les confciences, & détourner les penitens de la communion, remede toûjours falutaire à ceux qui la reçoivent dignement; mais les Confeffeurs maniant & conduifant toutes chofes avec fageffe & circonfpection, doivét faire connoiftre qu'ils ne cherchent que le falut dés ames&la gloire de Dieu.

Aprés que l'Eglife catholique a pourveu par fon autorité legitime, à ce qu'on relafchaft quelque chofe de la feverité des Canons en faveur de ceux qui font tombez, & qui touchez d'une fincere penitence doivent eftre receus à rentrer au giron de l'Eglife & en fa communion ; il femble que, tant les Ordinaires que tous les autres Preftres, doi-

vent agir avec beaucoup de prudence & de difcretion, non feulement en faifant, & exigeant,
lors qu'il fera queftion de ceux
dont la cheute a efté notoire &
fcandaleufe, les chofes ordonnées pour la confervation de la
difcipline Ecclefiaftique ; mais
en ufant auffi avec beaucoup de
condefcendance & de charité à
l'égard du menu peuple, que l'i-
gnorance, ou l'éducation, ou les
deux enfemble ont tenu dans les
tenebres de l'erreur ; en forte
qu'eftant deuëment informé de
fon peché par le Confeffeur, &
ayant receu l'abfolution Sacra-
mentale, il ait la confcience en
repos ; & que reconcilié à l'Eglife, il foit auffi receu à la communion. Que les bons Preftres
fe gouvernent de telle maniere,
qu'on fe puiffe affurer qu'ils ont
rempli tous les devoirs de la prudence,

dence, & de la charité en tout
ce qu'ils ont crû neceſſaire à la
gloire de Dieu & au ſalut des
ames, ſelon l'état des choſes,
des lieux, des perſonnes & des
temps; & qu'enfin ils ſe condui-
ſent ſi bien dans le confeſſionnal
& dans la chaire, que par leur
doctrine & leurs exhortations,
ils perſuadent avec efficace &
douceur l'execution des conditions ordonnées dans la permiſſion que le Saint Pere a bien voulu accorder pour le ſoulagement
des conſciences.

Il reſte à parler des propoſitions faites à Sa Majeſté Imperiale par les perſonnes qu'elle a con-
ſultées, comme il a eſté dit touchant l'adminiſtration du ſacré
calice.

Leur avis eſt qu'il ne faut pas
adminiſtrer le ſang de Jeſus-
Chriſt autrement qu'avec un ca-

g

lice, en la forme de tout temps u-
fitée dans l'Eglife ; mais que l'on
en prefente plufieurs, ou de plus
grands déja confacrez en la maniere accoûtumée, à tous ceux
qui le demanderont comme il
faut.

Et de peur qu'il n'arrive quelque differend entre les freres, &
pour retirer au contraire, de cette grace & conceffion du Saint
Concile & du Siege Apoftolique,
le fruit que les gens de bien en
ont fi long-temps attendu, c'eft-
à-dire, de voir par là rétablir le
lien de la charité ; & que non-
feulement les fideles foient unis
en rendant gloire à Dieu d'une
feule voix dans l'Eglife, mais
auffi en tous les autres fignes ex-
terieurs autant qu'il fera poffible;
ces mefmes perfonnes pieufes &
doctes ont crû à propos & con-
feillé d'abolir toute difference de

Miniſtres, de temples, & d'au-
tels, de temps, & de lieux, pour
les deux communions ſous les
deux eſpeces, ou ſous une ſeule :
& qu'ainſi tous ceux qui voudront communier ſous une, ou
ſous les deux eſpeces, ſe preſen-
tent ſans diſtinction ; mais avec
cet ordre neanmoins, que le Prê-
tre catholique, qui prenſente le
corps de noſtre Seigneur ſous
l'eſpece du pain, ſe tenant au
milieu de l'Autel ; un Diacre, ou
quelqu'autre Preſtre catholique
donnera du coſté droit de l'Autel
le ſacré calice, & au coſté gauche,
ou au bas des degrez un chape-
lain, portier, ou autre honneſte
laïque preſentera ſeulement une
ablution de vin non conſacré,
ſuivant l'uſage obſervé juſqu'à
preſent. Et ce ne ſera qu'à ce
dernier que s'adreſſeront ceux
qui voudront ſe contenter de

communier sous l'espece du pain,
au lieu que ceux qui voudront
recevoir les deux especes, s'adref-
feront auffi à celuy qui tiendra
le facré calice.

Mais de crainte que les brebis de Jefus-Chrift ne manquent
de nourriture, & que les enfans
demandant du pain il ne fe trouve perfonne pour leur en donner,
ces mefmes perfonnes ont crû à
propos qu'on fift faire avant la
communion, fur tout quand elle
eft generale & folemnelle, quelque fainte exhortation au peuple, & conceuë de telle manie-
te qu'il foit fommairement inf-
truit des chofes effentielles qui
regardent la doctrine de la foy du
tres-Saint Sacrement de l'Euchariftie, & du fruit qu'on en doit
attendre; & qu'on y repete toûjours, qu'en y communiant fous
une feule efpece, ou fous les deux,

on reçoit également & entierement le corps & le sang de nô-
treSeigneur; que par consequent,
comme saint Paul dit, que celuy
qui mange ne doit pas méprifer
celuy qui ne mange point; de même auſſi celuy qui boit ne doit
point avoir de mépris pour celuy
qui ne boit pas; & qu'enfin, comme par la difference de cette communion, la Religion ni la Foy
ne reçoivent aucune alteration,
ils ne doivent tous s'appliquer
qu'à garder l'unité d'un mefme
efprit, & le lien de la paix.

Et parce que les gens fimples
& du peuple ont de la peine à
dégager leur efprit de la penfée
des chofes terreftres pour l'élever à des actions de graces, &
aux loüanges de Dieu; on pourroit aprés la communion chanter
quelques Hymnes ou Pſeaumes
en langue vulgaire, avec quel-

g iij

que Répons fait exprés pour le
fujet, le tout auparavant bien &
meurement examiné, & approuvé par l'Evefque.

Il eft au refte extrémement neceffaire, que les Ordinaires ayent
foin dans leurs vifites deux fois
l'année, ou une pour le moins,
de commettre par tous leurs Diocefes des catholiques prudens,
habiles & zelez, pour la gloire
de Dieu, qui tiennent la main
à faire obferver tout cecy; &
qu'ils n'y employent pas des igno-
rans, des avares ou des gens de
petite foy. Autrement ils doivent s'attendre affurément que
Dieu leur demandera compte des
ames de leur troupeau; & ils fen-
tiront que fi leur conduite a dé-
plû aux hommes, elle a encore
plus offenfé Dieu.

Ce font-là les avis pieux & fa-
lutaires qui ont efté propofez à

fa Majefté Imperiale , & qu'elle
a crû devoir communiquer aux
Reverendiffimes Prelats dont elle parle ; ne fe fondant neanmoins que fur la conceffion du
Saint Siege & du Concile; & non,
comme on a déja dit , pour en-
treprendre fur leur miniftere, ni
dans la penfée d'attenter en aucune maniere contre le devoir
d'un bon Empereur & défenfeur
des privileges de l'Eglife ; mais
feulement afin de faire connoî-
tre aux Reverendiffimes Evefques, que les foins, l'affiftance, &
la protection de fa Majefté Imperiale ne feront que fuivre les
intentions du Saint Siege & du
Concile ; & qu'ils ayent foin
de mefme de bien pefer &
examiner de leur cofté tout ce
qu'ils y peuvent contribuer ;
s'affurant que pour l'execution
ils trouveront toûjours preft

g iiij

le secours de Sa Majesté Imperiale.

Sa mesme Majesté a bien voulu communiquer aussi tout ce que dessus au Reverendissime Seigneur Zacharie Delfino Evêque de Faro Nonce de Sa Sainteté , & autres Archevesques & Prelats dont elle a parlé.

Elle desire au reste que cette affaire si sainte & si salutaire, soit incessamment mise en execution par les Reverendissimes Seigneurs Archevesques. A quoy il sera besoin au jugement de Sa Majesté Imperiale que leurs Suffragans qu'ils auront subdeleguez, soient avertis de n'apporter de leur chef nul obstacle, ni retardement, ni difficulté nouvelle; & que ne pouvant pas eux-mêmes se trouver par tout, & en tous les divers endroits de leurs Dioceses, ils subdeleguent encore les Prelats leurs inferieurs, les Doyens Ruraux, les Prieurs, Gardiens, & autres preposez Superieurs des Monasteres, leur donnant le même pouvoir, & les instruisant à fonds de tout ce qu'ils auront à faire ; afin qu'avec la grace de Dieu cet établissement soit enfin consommé pour la gloire, & pour le salut, le repos & l'union de l'Eglise, aussi bien que de l'Allemagne, & des autres Royaumes & Domaines de Sa Majesté Imperiale ; comme elle se promet volontiers, & se tient certaine par sa bonté & bien-veillance Imperiale, qu'ils n'y manqueront pas. Donné par Sa Majesté Imperiale le ix. Aoust M. D. LXIV.

Or afin de pourvoir avec plus de dignité & d'utilité aux affaires de l'Eglise d'Allemagne, le Pape avoit resolu d'y envoyer Legat le Cardinal Moron, qui

g v

s'eſtoit tres-glorieuſement aqui-
té de la meſme fonction peu auparavant dans le Concile , & de
qui d'ailleurs la perſonne eſtoit
fort agreable à l'Empereur. Il
l'avoit muni pour cela de tres-
amples inſtructions & pouvoirs,
& particulierement de la liberté de garder & lire tous les livres des heretiques , pour eſtre
en eſtat de leur reſiſter plus fortement, de découvrir toutes leurs
ruſes , & d'éluder leurs artifices.
Le Legat avoit ordre auſſi de
ménager doucement & adroite-
ment l'eſprit de l'Empereur &
du Duc de Baviere , afin qu'ils
ſe moderaſſent un peu dans leurs
demandes ; de peur que par une
fauſſe condeſcendance ils ne
vouluſſent faire accorder au peuple des choſes plûtoſt nuiſibles
qu'utiles , comme le mariage des
Preſtres, & autres pareilles moins

propres à relever ceux qui estoient tombez , qu'à les pousser
à des cheutes encore plus dan-
gereuses. Mais on eût tout sujet de craindre que les Protestans
voyant arriver un Legat du Pape ne s'en allarmassent , ou ne
prissent mesme ce pretexte pour
exciter une nouvelle guerre ci-
vile. C'est pourquoy il fut trouvé à propos de remettre à un
autre temps cette Legation. Et
voicy ce qui en est porté dans
les Actes Consistoriaux.

Le xiv. Avril le Saint Pere
parla du retardement du voyage
du Reverendissime Seigneur Moron Legat en Allemagne , pro-
venant de ce que le Serenissime
Empereur Ferdinand avoit peur
que s'il demandoit cela par ses
Lettres, les Protestans ne fissent
quelque tumulte. Il adjouta neanmoins qu'il esperoit qu'en peu

g vj

» de temps, non-feulement Sa Ma-
» jefté Imperiale ne feroit pas faf-
» chée de la Legation, mais qu'elle
» la demanderoit même avec gran-
» de inftance ; & dit plufieurs cho-
» fes fur le mefme fujet ; que pour
» luy, s'il fe pouvoit, il mourroit
» volontiers cent fois le jour pour
» le falut du peuple Chrétien ; &
» qu'il n'auroit jamais aucun égard
» à fes interefts particuliers, quand
» il s'agiroit de l'utilité publique.

34.   Il travailla cependant, par fes
lettres à tous les Electeurs Ecclefiaftiques, & plufieurs autres
Prelats d'Allemagne, à faire pu-
blier & recevoir par tout les decrets du Concile de Trente qu'il
avoit confirmez. Et parce qu'il
couroit un fafcheux bruit de la
fincerité de la foy de Frederic
éleû Evefque de Cologne ; &
que celuy-cy ayant eû avis du
crime qu'on luy imputoit avoir

tasché de se justifier auprés du
Pape, Sa Sainteté l'exhorta par
une lettre un peu forte à donner un témoignage public de la
pureté de sa foy, en protegeant
& défendant ouvertement la Religion Catholique, & chassant
hardiment tous les Protestans de
son Diocese.

On commençoit donc à se ré-
joüir déja de quelque esperance
de voir rétablir de jour en jour
la foy Catholique en Allemagne;
sur ce que depuis la concession
de l'usage du calice on avoit
veû dans Vienne beaucoup de
gens abjurer l'heresie, en se re-
conciliant à l'Eglise. Et ce fut
par cette nouvelle si pleine de
consolation, que le Pape voulut
temperer un peu la tristesse d'une
autre dont il alloit entretenir le
Consistoire; c'est-à-dire de celle
de la maladie de Ferdinand; car

voicy ce qu'en difent les Actes.
»    Le Vendredy x 1 v. Juillet il
» fut tenu Confiftoire à Rome. Le
» Saint Pere y parla de l'indifpo-
» fition du Sereniffime Empereur
» Ferdinand ; & aprés s'eftre éten-
» du fur fes Eloges, & entr'autres
» fur fon zele pour la Religion
» Chrétienne, il adjouta que Sa
» Majefté l'avoit tres inftamment
» prié d'accorder à l'Allemagne &
» à fes Eftats hereditaires la com-
» munion fous les deux efpeces;
» à faute dequoy l'on verroit bien-
» toft les gens de ce païs là devenir
» non-feulement heretiques, mais
» mefme infidelles; que cette con-
» ceffion feroit le remede d'un fi
» grand mal; qu'il n'avoit fait cette
» demande, qu'aprés en avoir con-
» feré avec les Princes catholiques
» d'Allemagne, les Evefques, & les
» Electeurs; que fur cela Sa Sainteté
» quoy que toûjours fort éloignée

des nouveautez , se trouvant for- «
cée par la necessité de remedier «
à des maux si pressants , avoit «
contre son gré, ( & aprés en avoir «
toutefois pris l'avis de quelques «
Cardinaux par elle assemblez se- «
crettement pour cet effet , & de «
quelques Prelats qui avoient as- «
sisté au Concile de Trente ) don- «
né pouvoir à quelques Evesques «
de permettre l'usage du calice ; «
qu'elle ne l'avoit pourtant pas «
donné pur & simple , mais seu- «
lement en cas que tout ce qui «
luy avoit esté exposé par l'Em- «
pereur se trouvast veritable , & «
encore avec certaines condi- «
tions expliquées par ses Brefs ; «
qu'il avoit voulu nous faire «
part, & nous rendre compte de «
son procedé ; qu'il avoit appris «
par les dépesches du Nonce Del- «
phino la grande joye qu'on avoit «
témoignée à Vienne en recevant «

» la permiſſion de l'uſage du cali-
» ce ; qu'ils en avoient rendu des
» loüanges & des actions de gra-
» ces à l'Empereur & à Sa Sainteté;
» que les deux tiers des Luthe-
» riens , & d'autres gens de cette
» ville , dont la foy étoit ſuſpecte,
» eſtoient revenus à eux aprés cet-
» te conceſſion, & s'eſtoient decla-
» rez Catholiques : & qu'enfin on
» eſperoit voir arriver la meſme
» choſe dans les autres villes.

36.    Mais on perdit bien-toſt aprés
cette eſperance du rétabliſſement de la foy. Et comme on
ne vit dans la ſuite aucun nouveau ſuccés de cette permiſſion
du calice ; qu'au contraire les
Proteſtans n'en devinrent que
plus opiniâtres dans leurs erreurs ; & que de jour en jour
on en voyoit naiſtre de plus
grands deſordres, le bien-heu-
reux Pape Pie V. ſucceſſeur de

Pie IV. & Gregoire XIII. ensuite revoquerent entierement
cette concession ; & rétablirent
l'usage observé depuis plusieurs
siecles , de ne recevoir les laïques à la communion que sous
une seule espece.

## REMARQUE.

On peut voir sur cette matiere le
Cardinal Palavicin en son histoire du
Concile de Trente, livre 24. chapitre
12. nombre 8. Il a veû les Actes Consistoriaux comme le Pere Raynauld, &
les cite ; mais il n'entre pas dans le
mesme détail des circonstances, & ne
rapporte pas les pieces originales que
ce Pere rapporte. Ce qu'il y a de remarquable & de different consiste en
deux choses.

Premierement , au lieu de Pie V.
que le Pere Raynaud marque avoir
revoqué cette concession , le Cardinal
met Sixte V. & cite en marge les Memoires de son Pontificat gardez au
Vatican & tirez des papiers du dernier Cardinal Montalto.

Sta nelle me-
morie del
Pontificato
di Sisto
Quinto, ri-
trovate fra
le scritture
dell'ultimo
Card. Mon-
talto, & con-
servate ora
nelle Ar-
chivio Vati-
cano.

Secondement, il femble dire ou laiffer entendre, qu'il n'y a pas eû de révocation expreffe de cette conceffion, au moins par Bref ni Bulles; mais que fous le Pontificat de Gregoire XIII. & depuis fous celuy de Sixte V. quelques-uns des Evefques à qui Pie IV. avoit delegué cette faculté de faire communier fous les deux efpeces, quand ils le jugeroient à propos, eftant venus à mourir, il fut douté fi elle avoit efté accordée à leur grade & dignité, & par confequent à leurs fucceffeurs en la mefme place, ou au contraire à leur perfonne feule pour finir avec leur vie; que ce dernier fut jugé veritable, & que la grace n'avoit lieu que pour les Preftres à qui ces premiers Evefques avant leur fin l'avoient communiquée.

Onde nel Pontificato di Gregorio Decimoterzo & pofcia in quello di Sifto Quinto, accade che venuti a morte alcuni di quei Vefcovi a cui dal Pio n'era delegata la faculta, fu dubitato s'ella s'intendevaffi datal al grado & pero durevole ne' fucceffori, o alle perfone, & pero fpirante con la lor vita, & il fecondo fu giudicato effer vero, & eofi non haver l'ufo lecito della gracia fe non que' facerdoti a quali gia l'haveffero communicata i fudetti Vefcovi innanzi lor fine.

Mais fuppofé que ce foit un fimple raifonnement de ces temps-là, fans aucune decifion formelle du Saint Siege, quelqu'un n'auroit-il pas pû dire

au contraire que cette difpenfe accordée non pas en faveur des Prelats,
mais en faveur des Peuples & à leur
defir, devoit durer autant que les Peuples & que leur defir, avec les conditions juftes & neceffaires?

⊶⋄⊱⋄⊰⋄⊱⋄⊰⋄⊱⋄⊰⋄⊱⋄⊰⋄⊱⋄⊰⋄⊷

# EXTRAIT
## D'UNE LETTRE
## DE M. L'ABBE' BOISOT,
## A M. PELLISSON.

### *Du 8. Fevrier 1692.*

JE n'ay point trouvé dans mes papiers la révocation du Bref de Pie IV. faite par ſes ſucceſſeurs. J'y ay trouvé ſeulement deux preuves inconteſtables que ce Bref fut éxecuté. L'une eſt l'article d'une réponſe de l'Empereur Maximilien à l'Ambaſſadeur de Philippe II. L'autre celuy d'une inſtruction donnée par Philippe II. à Don Pedro de Avila , qu'il envoyoit au Pape. Je mettray icy ces deux articles.

L'Empereur faifoit de grandes
inftances au Pape, pour obtenir
aux Preftres d'Allemagne la permiffion de fe marier. Philippe
qui en fut averti en écrivit fortement & à Vienne & à Ro-
me, & fit fi bien qu'il détourna
la chofe. Ces deux Princes alle-
guoient la permiffion de communier fous les deux efpeces, pour
foûtenir leurs opinions contraires; l'un prétendant qu'elle avoit
efté fort utile ; l'autre, qu'on
n'en avoit tiré aucun fruit. Voicy ce qu'en dit l'Empereur dans
fa réponfe par écrit, donnée à
l'Ambaffadeur de Philippe, le 20.
May 1565. Dans mes Memoires
de l'Ambaffade de Chantonay,
vol. 1. page 90.

Sed fi ex præteritis futura, atque ex fimilibus fimilia æftima-
re licet, Majeftas fua Cæfarea,
non poteft Regiam fuam fereni-

Mais s'il
faut juger
de l'avenir
par le paf-
fé, & tirer

des mesmes faits les mesmes consequences; Sa Majesté Impériale ne peut pas cacher à Sa Majesté Catholique, que peu aprés la concession du Calice, Sa Majesté Impériale s'étant exactement informée du succés, elle a appris, tatem celare, quod impetrato paulo ante Calice, Majestas sua Cæsarea, habita, hoc tempore Paschali nuper elapso, diligentissima inquisitione, repererit; ubi anno præterito, in hac Majestatis suæ civitate, numerus omnium communicantium ad bis mille non ascenderit; hoc tamen anno Dei gratia, fuisse quatuor mille nongentos ac decem & octo homines, qui sub una tantum, & mille quingentos septuaginta septem, qui sub utraque specie communicaverint.

qu'au lieu que l'année passée le nombre des communians de sa Ville Imperiale de Vienne n'avoit pas monté jusqu'à deux mille ; on a veû par la grace de Dieu ces dernieres Festes de Pasques , quatre mille neuf cens dix-huit personnes communier sous une seule espece, & quinze cens dix-sept. sous les deux.

Le Roy d'autre costé parle en ces termes dans l'instruction de son Envoyé à Rome, Ambassade de Chantonay, vol. 1. p. 145.

Direis affi mifmo à Su Santitad que quando fe tratò de la conceffion del Caliz yo hize con Su Santitad, como fe acordara, gran inftantia y officio para que aquello no fe hizieffe; affi por entender que el mifmo punto de fuyo era muy grave y muy perjudicial, y trahia grandes inconvenientes; como principalmente por juzgar y entender que de aquella conceffion fe difponia è introducia efta inftancia y peticion del conjugio, como defta affi mifmo fe confeguiran otras que fe deduzen y derivan de los mifmos fundamentos. Y que difpues que no embargante mi diligencia y officio y lo que de mi parte fe le reprefento, Su Santitad lo concediò, yo tuve el fentimiento, dolor, y pena que de tal cafo devia tener, mas con todo effo no fe haviendo llegado ni ve-

Vous direz auffi à Sa Sainteté, que quand il fut traité de la conceffion du Calice, je fis auprés d'elle, comme elle s'en fouviendra, de grandes inftances, & tout ce qui me fut poffible pour empefcher qu'elle ne l'accordaft; non feulement parce que je comprenois l'importance de ce point par luy mefme, d'où il pourroit naiftre de grands inconveniens; mais auffi , & principalement , parce que je jugeois bien que cette conceffion du Calice difpoferoit à la demande du mariage des Prêtres , & celle-là à d'autres, fondées fur les mêmes mauvais principes : Qu'aprés que Sa Sainteté l'eût accordée, nonobftant mes remontrances , mes

nido à la principal parte del mal que de aquello fe feguia , que era efto del conjugio, he callado y diffimulado , fperando juntamente que la experientia del poco fruto, que de aquello fe facava , y el danno que refultava defengañaria Su Santitad en lo hecho y para lo que agora fe pretende, que es tan diferente y de tanto mayor , y mas univerfal perjuicio; y que agora que fe ha venido y llegado à efto del conjugio, que fe temia, y difponia con lo primero , fe me ha renovado y refrefcado el dolor y fentimiento de lo hecho, y me ha crecido el cuidado y rezelo en lo que efta pendiente. Lo qual fi fe viniefle à hazer, que ni efpero, ni creo, ni fe deve fperar ni creer, no fe podria, ni diffimular, ni callar , y metiria Su Santitad en grandiffima confufion,

ſion, ſiendo eſto coſa de calidad, prieres, &
que ſufre, y requiere qualquiera tout ce
demonſtracion. qu'on luy
put dire de
ma part,
j'en fus touché d'une auſſi vive douleur que la choſe le
meritoit. Cependant, comme on n'en eſtoit pas venu à la
principale partie du mal, c'eſt-à-dire à la conceſſion du
mariage des Preſtres, je voulus bien diſſimuler & me taire; dans l'eſperance que Sa Sainteté voyant le peu de
fruit qu'on tiroit de cette conceſſion du Calice, & les
mauvaiſes ſuites qu'elle auroit, ne manqueroit pas de ſe
deſabuſer ſur ce fait, & ſur celuy de cette demande nouvelle. Mais aujourd'huy qu'on en eſt venu à ce qui eſtoit
le plus à craindre, c'eſt-à-dire à cette ſeconde demande
où la premiere nous couduiſoit; j'ay ſenti renouveller
ma douleur, & redoubler mon chagrin, & mon inquietude. Car ſi cette affaire avoit lieu, ( ce que je ne puis
ni croire ni craindre, & qui ne ſe doit ni croire ni craindre en effet ) il ſeroit impoſſible de diſſimuler & de ſe taire, quoy qu'à la grande confuſion de Sa Sainteté; la
choſe eſtant de telle qualité, qu'elle ne permettroit pas
ſeulement, mais demanderoit toute ſorte de démonſtra-
tions publiques.

J'ay copié ces deux articles tout
entiers, mais je n'ay pas eû le
temps de copier les pieces entieres qui ſont fort longues, & ne
parlent d'autre choſe que de ce
prétendu mariage des Preſtres en
h

Allemagne. Je marque toûjours
précifément le volume & la page
de mes Memoires, d'où je tire
ce que je vous envoye ; afin que
fi quelqu'un en doute, il puiffe
venir voir dans les originaux.

On m'a enfin envoyé le Tef-
tament d'Erafme, en voicy une
copie. J'envoye en échange un
éxemplaire de voftre réponfe à
M. de Leibniz, & paye ainfi mes
debtes à vos dépens.

Les cinq ou fix lignes que j'ay
écrites à propos de cette réponfe, & que vous avez trop loûées
me font échapées tres-heureu-
fement, puis que vous ne les
trouvez pas mal tournées. Mais,
Monfieur, un Franc - Comtois
qui a l'honneur de lire fouvent
de vos lettres, ne peut-il pas les
imiter au moins une fois par ha-
fard? Je fuis, &c.

# ELOGES

## DU ROY,

### CONTENUS

DANS LES TROIS VOLUMES
des Reflexions fur les Differends
de la Religion.

# ELOGE DU ROY

au premier Volume des Re-
flexions fur la Religion.

*Relation fur l'état de la Religion
en France , page 169.*

VOus voyez donc claire-
ment, fi je ne me trompe,
quel eft noftre avantage aujour-
d'huy ; combien les propres travaux de nos adverfaires ont
changé en noftre faveur la face
du combat ; que leurs troupes
déja en defordre, pour peu qu'on
les pouffe , promettent une vi-
ctoire certaine à l'Eglife ; que
les murailles de leur nouvelle
Jericho déja ébranlées fur leurs
fondemens , n'attendent plus
pour tomber que le dernier fon
des trompettes, un peu plus long

h iij

& plus éclatans que les precedens. J'entends par ces trompettes, le concert si agreable & si
charmant pour des oreilles chrétiennes ***** sous un Roy,
sur tout, plus grand qu'on ne le
peut dire ; de qui si l'on se promet facilement tout ce qu'il y
a de plus difficile, aprés ce que
nous en avons déja vû, ce ne
sera point legereté, mais sagesse. Ce n'est pas icy le lieu de
parler de ses conquestes, ni de
tout ce qu'il a fait d'extraordinaire au dedans & au dehors de
l'Etat ; le sujet que je traite,
m'attache à une seule de ses
loüanges, mais qui est la source de toutes les autres. Il m'a
semblé quelquefois qu'Homere
n'avoit pensé qu'à luy, quand
il nomme un de ses Heros, mais
plus noblement en sa langue
que nous ne sçaurions le faire

en la noftre, *Le plus Roy de tous les Rois.* Le ciel l'a tellement fait & formé pour ce qu'il devoit eftre, qu'on diroit que gouverner eft en luy ce que refpirer eft en nous, une action naturelle & infenfible, qui fe mefle à toutes les autres fans en interrompre aucune, ni qu'aucune l'interrompe. Ni temps, ni lieu, ni occafion ne fufpendent & ne retardent ce mouvement continuel, mais reglé & tranquille de Roy & de Maiftre. En s'habillant, en fe couchant, en marchant, à table, à la promenade, à la chaffe, dans les exercices, dans les divertiffemens, rien n'empefche que par tout il n'écoute tout avec autant d'attention, que s'il n'avoit dans l'efprit qu'une feule chofe. On demeure furpris & charmé, de le voir à tous momens d'un petit

h iiij

mot répondre non - feulement
aux propofitions, mais aux penfées de ceux qui luy parlent, &
comme ne faifant rien, faire in-
ceffamment les plus importantes affaires du monde : Veritable Chef, ou plûtoft veritable
Confeil de fon Confeil mefme;
comme veritable General de fes
plus fameux Generaux, fans que
perfonne s'y puiffe méprendre;
& qui n'emprunte point d'autrui la capacité, la fageffe, la
juftice & la pieté qu'on admire
en luy; mais les infpire luy-mefme à ceux qui le fervent à proportion de la confiance dont il
luy plaift de les honorer. De-là
naift parmi les peuples une ad-
miration & une amour que l'on
ne peut exprimer : tous fes fujets font fes courtifans, également perfuadez en tous lieux,
& dans les Provinces les plus

reculées, qu'en luy seul font
renfermées toutes nos esperan-
ces, ou particulieres, ou publiques; & tout ce que chacun de
nous, ou possede, ou attend, ou
desire de repos, de tranquillité,
de fortune, de bien & d'honneur. Tous generalement, sans
en excepter ceux-là mesme que
l'erreur separe de nous, n'ont
en cela qu'un mesme esprit, &
qu'un mesme sentiment, qui est
que plaire, quand ils le peuvent,
à un si grand, si bon & si sage
Maistre, aller au devant de ses
pensées, luy obéir avant mesme
qu'il commande, n'est pas seulement leur devoir, mais leur
propre felicité. On sçait, on
voit, on sent, avec quelle ardeur il desire de ramener tous
les François à la Foy de leurs
peres. C'en est assez avec toutes les dispositions que nous a-

h v

vons déja remarquées , pour efperer , comme nous faifons , de
voir en France , & durant fon
regne , un feul Troupeau , & un
feul Pafteur. ✳ ✳ ✳ ✳

Cét Eloge a efté premierement écrit
en Latin , & traduit depuis de la même main avec tout le refte de la Relation dont il fait partie.

L'original Latin eft page 128. en ces
termes.

*QUÆ cum ita fint , oculis*
*te jam cernere exiftimo*
*quantum hodie , improbis etiam,*
*fed cæcis , hoftium laboribus , im-*
*mutata fit hujus certaminis faciés ,*
*ut eorum jam inclinata acies , fi*
*impellatur , certam Ecclefiæ victo-*
*riam fpondeat , ut Jerichuntis il-*
*lius jam mota fundamentis mœ-*
*nia , ultimam tubarum vocem lon-*
*giorem ac concifiorem tantum ex-*
*pectent. Tubas ego intelligo au-*
*ribus Chriftianis pulcherrimum*

illum & suaviſſimum concentum
\* \* \* \* † *Rege praeſertim ſupra*
*fidem magno, à quo omnia ardua*
*facilè ſperare, non levitas aut te-*
*meritas, ſed ratio & ſapientia eſt.*
*Nec jam hîc res ejus geſtas com-*
*memoro, eaque omnia quae poſteris*
*tradenda, multi, nec nobis inco-*
*gniti, ſuſcepere. Unum ut non*
*omittam, me ipſum hujus epiſtolae*
*argumentum admonet, quod de eo*
*ſcilicet, non de alio Homerus uno*
*verbo omnia complexus, eoque*
*factitio, dixiſſe videri poſſit* πάν-
των βασιλεύτερος ἄλλων. *qui ita ad*
*imperandum natus & effectus ſit;*
*ita ſit prae aliis Regibus Rex, vel*
*quod ille elegantiſſimè dixit, nos*
*niſi barbarè dicere non poſſumus,*
omnibus Regibus Regior, *ut*
*quod unicuique hominum vivere*
*& ſpirare eſt, omnibus quaecumque*
*agimus conjunctum, nulli adver-*
*ſum, id illi ſit populos regere:*

h vj

*non illum hora, non locus, non res, impediat, non inceſſus: non requies, non ambulatio, non venatio, non palæſtra, non joci, non epulæ, non quidquid curando corpori dare neceſſe eſt, ne continuò omnia ab omnibus attentè audiat; poſtulatis, precibus, cogitationibus perſæpe uno verbo reſpondeat, nil agenti ſimilis, quamplurima ſemper agat, & quammaxima: ac ſicuti nemini dubium eſt quin ducibus ſuis dux ipſe multò præſtantior ſit, ita nulli ambiguum relinquat, ſuis & Regni, quæ vocant, Conſiliis, non præeſſe modò, ſed optimè ipſum conſulere; non ab alio juſtum, aut pium, aut ſapientem, ſed qui ſuos & juſtos, & pios, & ſapientes efficiat. Unde intelligant omnes, in eo omnia publicè privatimque ſita, ab uno illo pendere, quæcumque aut teneant, aut expectent, aut ſperent.*

*aut cupiant ; omnibus una mens sit, etiam illis in Religione discordibus, ut maximo, optimo, clementissimo, providentissimo Domino placere ubi possint , ejus vocem sequi, nutus audire , vota intelligere , magnam esse felicitatem existiment. Quæ si pluribus, quamquam festinans , prosecutus sum , quoniam ad rem imprimis facere videbantur , maximasque nostras illas spes de uno tandem apud nos Ovili atque Pastore \* \* \* \* \**

❧❧❧❧❧❧❧❧❧❧

# ELOGE DU ROY

au second Volume des Reflexions sur la Religion,
page 226.

AVoûez-le donc. Ce qui vous retient, c'est que vous ne pouvez croire aux paroles de Noftre Seigneur luy-mefme, ni à celles de fes Saints, fur les miracles de fa bonté & de fa puiffance dans l'Euchariftie , lors que nous les croyons & les adorons fans les voir. Ce n'eft pas la grace, ni l'efprit de Dieu, ni la foy, comme vous le pretendiez ; ce font les défiances & l'incredulité naturelle de l'homme animal qui vous feparent de nous. C'eft-là ce qui vous arrache aujourd'huy, pour ainfi di-

re, malgré vous-mesmes à tout
ce que vous aviez de plus cher,
& vous fait quitter fans raifon
un air, un climat, des mœurs,
des loix, un gouvernement, un
Roy que toutes les Nations vous
envient: Un Roy (nous le fça-
vons) tel que vous le feriez
vous-mefme, hors voftre erreur,
fi vous aviez à le faire par vos
fouhaits; fage, jufte, magnani-
me, bienfaifant jufques dans la
rigueur falutaire dont vous vous
plaignez, qui n'eft en effet qu'u-
ne affection de Pere pour tous
fes Peuples: Un Roy enfin qui
tire fes plus grandes loûanges de
la propre bouche de fes Ennemis, & dont l'Envie elle-mefme
fait tous les jours le panegyri-
que, quand elle l'accufe d'eftre
trop grand, trop puiffant, trop
redoutable par fon application,
par fa vigilance, par fa condui-

te, par son courage , par la bonne volonté de ses Sujets, par ses
forces, par ses tresors, par ses
grandes vûës, par ses conquestes qu'il étendra encore ( dit-
elle) aussi loin qu'il luy plaira.
Voilà ses defauts, & tout ce
qu'on luy reproche sans cesse.
Pendant que toute la terre pleine de son nom & des charmes
de vostre Patrie, apprend à parler François , vous tascherez de
vous former avec peine aux ac-
cens de quelque langue étran-
gere, qui ne laissera pas de vous
faire entendre à toute heure ce
que vous avez perdu. Nous ad-
mirerions vostre courage, si nous
pouvions estimer ce qui le produit , & l'usage que vous en faites. Mais pourquoy vous flate-
rions-nous ? Toutes les grandes
erreurs ont eû leurs Martyrs.
Miserable aveuglement de l'es-

prit humain ! Il s'ignore luy-
mefme ; & enyvré de fa propre
gloire, il s'imagine que c'eft celle
de Dieu.

❧❦❧❦❧❦❧❦❧❦❧❦❧❦❧❦❧❦

# ELOGE DU ROY

au troisiéme Volume des Reflexions sur la Religion,
page 330.

MAIS, Seigneur, faites plûtoſt éclater icy les richeſſes de voſtre grace, & pour cét
aveugle Conducteur, & pour
ceux qui le ſuivent. Vous avez
tantoſt *puni*, Seigneur, *la faute
des peres ſur les enfans juſques à
la troiſiéme & quatriéme genera-
tion.* Il eſt temps que vous faſ-
ſiez *miſericorde juſques à mille &
mille generations*, ſur la poſteri-
té, quoy-qu'éloignée de vos premiers Fideles, de vos Saints, de
vos Martyrs & de vos Apoſtres.
Déja, Seigneur, par toute l'Europe chrétienne l'erreur s'affoi-

bliſſoit en vieilliſſant, & les eſ-
prits revenus de leurs paſſions,
s'excitoient les uns les autres
pour revenir à vous. Mais lors
que vous ſembliez mettre la derniere main à voſtre ouvrage,
l'Enfer a fait ſes derniers efforts
pour s'y oppoſer. *Les Nations* Pſalm. 4.
*fremiſſent, & les Peuples font de
vains projets.* Arreſtez, Seigneur,
& ſuſpendez en vos mains *la
verge de fer qui les briſeroit comme un vaiſſeau de terre.* Que *vos
liens* qu'ils ne *ſçauroient rompre,*
ſoient les ſeuls liens de la charité, de l'amour & de la paix.
Rempliſſez toûjours de voſtre eſprit nos Prelats illuſtres qui marchent ſur les pas de leurs peres,
qui par leurs veilles, leurs ſoins,
leurs travaux, leurs exhortations,
leurs écrits, courent aprés les
brebis égarées de voſtre troupeau. Regardez particuliere-

ment, mais avec des yeux de
Pere, le Fils aiſné de voſtre Egliſe , qui anime leurs mains au
travail ; qui veille ſur leur ouvrage ; à qui l'on ne peut plaire
qu'en vous ſervant ; dont la foy
ne craint rien ; que ni obſtacles
ni difficultez ne rebutent. Voſtre
protection toute - puiſſante l'a
ſuivi juſques-icy pas à pas, cou-
ronnant toûjours en luy vos pre-
mieres graces par de nouvelles
graces : pourriez-vous luy manquer aujourd'huy, lors qu'il ne
ſoûtient plus que voſtre querelle ? Vous ſeul dans vos conſeils
éternels luy donnaſtes preſque
au ſortir de l'enfance cette *étenduë de cœur & d'eſprit* que Salo-
mon vous demandoit, pour ſuffi-
re ſeul à tant de devoirs : *ce cœur
docile* pour ſe vaincre luy-meſme & ſe ſoumettre toûjours à
vos loix. Les Rois qui le devan-

3. Reg. 3.
9.
3- Reg. 4.
29.

çoient en âge, ont avoûé qu'il leur enfeignoit à regner. Ceux qui font venus aprés luy, ont mis leur honneur à l'imiter & à le fuivre. Si la France, auparavant foible, épuifée, languiffante, a repris fous luy en moins de quinze ou vingt ans, une vigueur, une gloire & un éclat capables de faire ombrage à toutes les Nations voifines, ce n'eft pas que vous ayez donné aux François d'autres efprits, ni d'autres cœurs, ni d'autres bras, ni des trefors qu'on leur euft cachez, ni des Indes nouvelles. Un feul homme, Seigneur, un feul homme que vous avez mis à la tefte des autres, le *prenant* *par la main*, & le conduifant dans tous fes deffeins, a produit un changement dont le monde eft étonné : trop injufte, s'il s'en irrite, & s'il luy fait un crime

*Ifai.* 41. 13.

de vos bienfaits. C'eſt voſtre ouvrage , Seigneur, vous ſçaurez
bien le ſoûtenir. Ordonnez à
vos ſaints Anges de camper &
de veiller autour de luy. Défen-
dez ſa Perſonne ſacrée des noirs
complots de ſes Ennemis , ſes
Etats de leurs injuſtes menaces.
Qu'il n'ait qu'à défendre ſon
propre cœur de cette élevation

*David.*
*Ezechias.*

que peuvent donner aux Rois
meſme ſelon voſtre cœur, l'ap-
plaudiſſement du genre humain,
& une ſuite continuelle de pro-
ſperitez & de victoires. Prenez,
Seigneur , de nos années pour
les ajoûter aux années du Roy.
Que la juſtice, la pieté, la bonne foy, la moderation, l'humanité , la bonté regnent ſur nous
avec luy juſques à la fin de nos
jours ; & pendant que les dernieres extrémitez du monde le
reverent, le loüent & le beniſ-

fent ; qu'il n'y ait aucun François qui veüille deshonorer le
nom & la Nation par des fentimens contraires.

# FIN.

www.ingramcontent.com/pod-product-compliance
Lightning Source LLC
Chambersburg PA
CBHW060938030726
47503CB00003B/650